A TRAVERS
LE DANEMARK

CHATEAUROUX. — TYP. STÉREOTYP. A. MAJESTÉ.

A TRAVERS
LE DANEMARK

PAR

MAXIME PETIT

Illustrations de L. BRETON, HUBERT-CLERGET, SPECHT, etc.

PARIS

LIBRAIRIE CHARLES DELAGRAVE

15, RUE SOUFFLOT, 15

1892

A TRAVERS

LE DANEMARK

—

CHAPITRE I

APECT GÉNÉRAL

Superficie et population. — Climat. — Faune et flore. —
Versant oriental du Jylland. — Versants occidental et
septentrional. — L'archipel Danois. — Bornholm.

Depuis les événements de 1864, le Danemark ne
possède plus en Europe que le Jylland (Jutland),
l'archipel danois et le groupe des Fa-roër. Il est
compris entre le 55°20′ et le 57°45′ de latitude nord et
entre 5°45′ et 10°14′ de longitude est. Il a une superficie de 38,237 kilomètres carrés, dont 12,993 pour
les îles. Sa population, qui était de 1,975,000 habitants en 1879, soit 52 par kilomètre carré, s'accroît
tous les jours d'un certain nombre d'immigrants,

venus des provinces annexées à l'Allemagne et qui
préfèrent la domination danoise au despotisme militaire. On rattache souvent l'Islande à l'Europe,
parce qu'elle a été découverte par les Norvégiens;
mais c'est bien réellement une terre américaine.

Le climat général du Danemark est relativement
modéré. Il est plus doux dans les îles que dans l'intérieur du Jylland, beaucoup moins exposé à l'influence maritime. La température moyenne de
l'année est à Copenhague de 8°25, mais les varia-
tions hivernales sont très considérables d'année en
année : tantôt les détroits qui faisaient du Danemark le gardien des portes de la Baltique sont libres
de glace, tantôt ils sont suffisamment pris pour être
traversés.

En 1558, Charles-Gustave de Suède, marchant
contre le roi de Danemark, passa sur la glace de
Fyen à Langeland, puis à Laaland.

La faune et la flore ne diffèrent pas sensiblement
de celles du Schleswig et de la Skanie. On rencontre
à l'état sauvage le cerf, le chevreuil, le daim, le
renard, le blaireau, la loutre ; les reptiles font à peu

près défaut, sauf la vipère ; mais les oiseaux aqua-
tiques et les poissons sont en très grand nombre.
La campagne était jadis couverte de chênes ; elle
est aujourd'hui caractérisée par le hêtre, qui fleurit
au mois de mai.

Parmi les arbres les plus communs, il convient
de nommer le bouleau, le saule, l'aulne, le tremble,
le noisetier, le châtaignier.

La terre danoise unissait autrefois la péninsule
scandinave à l'Allemagne du Nord. Le Jylland,
dans toute sa partie méridionale, prolonge la plaine
de la basse Germanie, dont il a tous les caractères géologiques ; mais les couches miocènes et
crétacées qui s'étendent dans sa partie la plus large,
reparaissent en Skanie, au sud de la Suède.

Le Jylland est borné au sud par le Schleswig,
détenu par la Prusse contre le droit des gens. De
ce côté, la ligne frontière du Danemark part, à l'est,
de Christiansfeld-fjord, suit le cour du Konge-Aa,
et, s'abaissant brusquement vers le sud, forme un
angle droit dont le sommet est situé un peu au des-
sous de la rivière de Ribe. La mer du Nord, le Skager-

Rack, le Kattégat, limitent le Jylland à l'ouest, au nord et au levant. Le Jylland a 235 kilomètres de longueur, de Ribe (au sud) au cap Skagen ; il a 175 kilomètres dans sa plus grande largeur.

Des collines généralement peu élevées divisent le Jylland en deux versants, qui présentent l'aspect le plus dissemblable : tandis que la pente orientale est soudaine, imprévue, comme les rivages qui la terminent du côté du Kattégat, la pente opposée descend régulièrement jusqu'aux plages basses de la mer du Nord. Le Kattégat, dont la navigation est très périlleuse, a de 40 à 80 mètres de profondeur et communique avec la mer Baltique par le Sund, le Grand-Belt et le Petit-Belt. C'est dans le Kattégat que se trouvent les îles de Lœso et d'Anholt.

Les collines du Jylland tournées vers la Suède appartiennent à la formation des terrains de transport et sont surtout composées de sable, d'argile, de marnes provenant des débris du granit, du gneiss et de la craie. Elles dominent une région très fertile, recouverte çà et là de forêts de hêtres, qui, partant des hauteurs, se développent jusqu'à la mer. Elles ne forment point une chaîne continue, mais une succession de massifs, dont l'un, le Skammlingsbanke, se dresse à 120 mètres au-dessus du Petit-Belt.

L'Ejersbavsnehoj, haut de 180 mètres, est le groupe culminant de tout le pays ; mais le Himmelbjerg, quoique moins élevé de 10 mètres, est plus connu, parce que la région qui s'étend à ses pieds et qu'arrose le Guden-Aa, est plus pittoresque et plus grandiose. Les rivières nombreuses du Danemark se prêtent mal à la navigation, parce qu'elles n'ont pas de profondeur ; le Guden-Aa, qui se jette dans le Randers-fjord, est le cours d'eau le plus important du Jylland. Au nord du Lim-fjord, dont on lira la description plus loin, les collines forment une véritable arête, le *Jyske-das* ou *Dos du Jylland*, qui se prolonge en s'amincissant jusqu'à la pointe de Skagen.

La côte orientale du Jylland est maintes fois découpée par de nombreux fjords (Kolding, Vejle, Horsens, Randers, Mariager, Lim), dont la longueur est ordinairement d'une vingtaine de kilomètres, mais dont la largeur ne dépasse pas

5 kilomètres. C'est de ce côté que se trouvent
les ports les plus profonds et les terrains les plus
fertiles.

Le versant occidental ressemble assez à nos landes
de Gascogne (landes, en danois *heder*), bien que la
plaine ait été modifiée dans son aspect général par
la culture et la construction des routes ou des chemins de fer. « Les terres sablonneuses sont revêtues
de grandes bruyères et d'autres plantes ligneuses
croissant en épais fourrés ; des flaques d'eau sont
éparses sur les terrains dépourvus de pente ; des tour-
bières (en danois : *moser*) se forment peu à peu à la
place des étangs ; comme dans les landes de Gascogne ;
les débris de végétaux s'amassent en couches noi-
râtres sous les buttes de sable qui les recouvrent ;
partout, sous les couches supérieures, le sous-sol,
saturé du tanin des bruyères, forme une plaque
dure d'*al*, — l'*alios* des landes françaises, — auquel
se mêle l'oxyde de fer, assez riche en plusieurs
endroits pour qu'il ait été possible de l'exploiter en
minerai ; des assises de marne se trouvent aussi
dans quelques parties du sous-sol des landes et fa-

cilitent l'œuvre de l'agriculteur qui veut conquérir le sable par les amendements [1]. »

La côte occidentale a, le long de la mer du Nord, un développement de près de 400 kilomètres. Elle se compose du dunes (*Klytter*) formées par des sables calcaires que les flots rejettent sur le rivage et que le vent emporte de plus en plus dans l'intérieur du pays. Elles ont été fixées en maint endroit par des plantations de pins ; mais alors elles s'élèvent à une hauteur maximum de 35 mètres et constituent comme une chaîne de collines mouvantes de Blaavands Huk à Skagen. Cette chaîne se continuait jusqu'en Belgique, mais la mer l'a en grande partie détruite sur la côte du Schleswig. Tout le littoral consiste en une série de plages bornées de distance en distance par des promontoires Mais le rivage primitif du Jylland occidental est parfaitement visible, puisque les étangs qu'on remarque en dedans des dunes sont d'anciens golfes d'eau salée, changés peu à peu en lacs d'eau douce par les pluies et les apports des rivières. Ces étangs sont comblés peu

[1] Reclus, *Géographie universelle*, t. V, p. 7 (Hachette).

à peu par les alluvions ; ils n'ont pour ainsi dire pas de profondeur, et les petites barques seules ont accès dans les fosses que l'on rencontre çà et là au milieu des vases. Les plus remarquables sont : le Ringkjobing-fjord, le Stadil-fjord, le Nissum-fjord et le Lim-fjord. Le premier a une superficie de 300 kilomètres carrés : la flèche de Klitlandet (*terre des dunes*) le sépare, sur une longueur de 40 kilomètres, de la mer du Nord, avec laquelle il communique par un étroit chenal de sortie. Des coulées sans profondeurs l'unissent au Stadil-fjord, qu'un lacis de ruisseaux stagnants isole seul de l'étang de Nissum. Le Nissum-fjord est séparé de la mer par une langue de terre percée d'une ouverture très étroite et très dangereuse, à laquelle on donne le nom de Torskminde (bouche des morues).

En remontant vers le Skager-Rack, on trouve entre les bailliages (*Amter*) de Ringkjobing et de Thisted, la brèche d'Agger, par laquelle les eaux marines pénètrent dans le Lim-fjord (1169 kilomètres carrés), qui traverse d'un bout à l'autre la péninsule Jyllandaise et se divise en trois parties : d'abord, un étang allongé, qui au delà d'Odby se partage en deux branches pour aller entourer la grande île de Mors ; en second lieu, une grande mer intérieure d'une superficie de près de 500 kilomètres ; enfin un fjord de largeur variable dans lequel se jettent plusieurs cours d'eau.

C'est seulement depuis 1825 que la pression des flots a défoncé le cordon littoral qui séparait le Lim occidental de l'Océan. Au sud de la brèche d'Agger, une tempête perça de nouveau le littoral en 1863 et forma ainsi le canal de Rön, qui s'élargit peu à peu et s'approfondit, tandis que la brèche d'Agger est envahie progressivement par les sables.

Sur tout le littoral danois de la mer du Nord, aucune ville importante ne se montre sur le rivage jusqu'à la pointe Skagen.

La partie septentrionale du Jylland prend part au mouvement d'ascension par suite duquel les côtes de la péninsule Scandinave émergent graduellement des flots : c'est ainsi qu'à l'est et au nord d'Aarhus des îlots se sont trouvés réunis au continent sous forme de presqu'îles. Aucun port ne s'ouvre aux

navires sur les rives du Skager-Rack, dont la navigation n'est exempte de périls qu'à une certaine
distance de la côte et au-dessous de l'île de Lœso.
Le Skager-Rack, profond de 100 à 400 mètres, est,
au large, libre de tout récif, et les hautes terres de
la Norvège méridionale le mettent à l'abri du vent.

Au nord du bailliage de Thisted se voit la baie de
Jammer, ou *Baie de la Calamité*, très redoutée des
marins. La plage du Skager-Rack est bordée d'épaves
rompues : il se perd chaque année de trente à quarante navires sur les quarante ou cinquante mille
qui passent entre Skagen et Lœso.

L'archipel Danois, entre le Jylland et la Suède,
sépare le Kattégat de la mer Baltique. Il se compose :

1° de Fyen (Fionie), avec Samsö, Aro, Thassinge,
Langeland ;

2° de Sjalland (Sééland), avec Amager, Saltholm,
Möen, Falster, Laaland.

L'île de Fyen tenait jadis au continent ; elle en
est aujourd'hui séparée par le Petit-Belt, large au
sud de 20 kilomètres, mais au nord de 600 mètres

environ ; il a de 10 à 30 mètres d'eau, mais il est resserré, tortueux, et les courants en rendent la traversée difficile ; ses côtes sont généralement basses, fertiles, découpées par de nombreux fjords, dont le plus important est celui d'Odense. Elle rappelle le Jylland, par la nature de son sol, par ses collines boisées, par ses prairies et ses champs bien arrosés. Les îles situées au sud, de même que la péninsule de Hindsholm doivent être à leur tour considérées comme une portion géologique de Fyen.

Le trajet entre Fionie et Sjalland se fait de Nyborg à Korsör par le Grand-Belt, long de 60 kilomètres, large de 20 à 40, profond de 16 à 32 mètres et le long duquel se trouvent, de part et d'autre, de petits ports et plusieurs bons mouillages.

Sjalland est la plus vaste, la plus belle et la plus fertile des îles danoises, avec ses champs magnifiques, ses épis hauts et chargés de grain, ses gras pâturages, ses lacs, ses golfes et ses forêts touffues. Les îles de Sjalland, de Saltholm, d'Amager, de Möen, de Laaland forment une terre unique, déchiquetée par les flots. C'est dans la petite île de Möen que se dresse le sommet culminant de l'archipel Danois; nous voulons parler de l'Aborrebjerg, haut de 150 mètres, et qui domine des hauteurs abruptes dont l'élévation atteint jusqu'à 130 mètres ; ces hauteurs sont appelées *Moems Klint* ou « Falaises de Möen ». Möen se compose de sept îles, dont les détroits ont disparu, grâce au mouvement ascensionnel qui exhausse le sol de 6 centimètres par siècle.

Le Sund, qui fait communiquer, à l'est, le Kattégat et la Baltique, est long de 110 kilomètres environ ; sa largeur est de 4 kilomètres et demi entre Krönborg et Helsingborg, et de 36 kilomètres entre Kjöbenhavn (Copenhague) et Malmö. Ses rivages sont charmants. « Point de marais, point de dunes. Les prairies viennent se perdre dans les flots, quand ce ne sont pas des arbres séculaires qui y réfléchissent leur épais et vert feuillage. » C'est une des routes les plus fréquentées du commerce international, puisqu'il y passe annuellement de vingt-cinq à trente mille navires. Les rois de Danemark qui commandaient autrefois sur les deux rives du Sund, prélevaient un impôt sur tous les bâtiments qui traversaient le détroit. Moyennant une indemnité versée par les nations qui faisaient le commerce dans ces parages, cet impôt a été aboli en 1857, époque à laquelle il rapportait plus de cinq millions. La route la plus suivie dans le Sund va d'Helsinger (Elseneur) à l'île de Hveen et passe derrière Saltholm. [1]

Bornholm, dans la mer Baltique, est une île suédoise au point de vue géologique. Elle a mérité cependant de rester danoise, car lorsque en 1658 les troupes de la Suède vinrent prendre possession des provinces de Bleking, de Halland et de Skanie, la population de Bornholm extermina, en une nuit, tous les envahisseurs, à l'exception de douze, qui se trouvaient en dehors de la forteresse d'Hammershuus.

Bornholm a la forme d'un parallélogramme de 25 kilomètres de base et de 20 kilomètres de hau-

1. Voici la superficie, en kilomètres carrés, des *principales* îles danoises :

Fionie, 3005 ; Langeland, 284 ; Sjalland, 6088 ; Moen, 240 ; Falster, 535 ; Laaland, 1191 ; Bornolhm, 600.

La superficie *totale* des îles danoises est de 12,993 kilomètres carrés, et leur population s'élève environ à 1,050,000 habitants.

teur. Elle est située à 40 kilomètres E. de la pointe
sud-est de la Suède et à 140 kilomètres E. du Sjalland, par 13°25′ long. E. et 50° lat. N. Ses côtes
sont d'un accès difficile, à cause des brisants et des
bancs de sable qui forment tout autour comme une
ceinture de falaises à pic ; pourtant des ravins des-
cendant du centre vers le rivage, creusent dans le
roc des criques qui servent d'abri aux petites embarcations.

Autour du sommet de Rytter-Knegten (156 m.),
s'étendent des bois et des plantations qu'arrosent
des cours d'eau poissonneux. Le sol est fécond, les
forêts riches en gibier ; l'eider, au précieux duvet,
abonde sur les côtes orientales, et des houillères
empêchent le Danemark de manquer tout à fait d'industrie minière. Pline l'Ancien mentionnait déjà avec
éloge les cristaux de roche dits *diamants de Bornholm*.

L'île entretient un mouvement de navigation assez
actif ; sa flotte marchande compte cent trente bâtiments, jaugeant 4,800 tonneaux et trois cents marins
vont chaque année pêcher le phoque dans l'Océan

septentrional. Ses industries principales sont : l'horlogerie, la poterie, le tissage et la construction des bateaux à voiles. Elle a pour chef-lieu Rönne, au sud-ouest, et, sur sa pointe septentrionale, s'élève un des phares les plus importants de la Baltique.

CHAPITRE II

Sur toute la côte occidentale du Jylland il n'y a à signaler aucune ville importante. *Ribe*, non loin de la frontière allemande, était riche en ressources et en butin au temps où les Danois formaient un peuple conquérant et aventurier ; elle est aujourd'hui déchue, surtout depuis que les vases obstruent l'embouchure de la rivière de Ribe, et c'est à grand'peine qu'elle communique avec les îles de Chori, de Mano et de Kilsand. Les villes, d'*Esbjerg*, de *Varde*, de

Skjern, de *Ringkjobing,* de *Lemvig* ne doivent leur peu de vitalité qu'aux chemins de fer qui les relient l'une à l'autre.

Skagen, au-dessous du cap de même nom, et *Frédérikshavn* sont les deux lieux de pêche les plus importants du Danemark. C'est au nord de Frédérikshavn que sont situés les îlots de Hirtsholmene, qui prennent tous les jours une plus grande extension comme port de refuge. Les matelots prennent en grande quantité dans la baie voisine d'*Albæk* des soles, des turbots, des merlans et des morues, qu'ils vont revendre à Copenhague. *Aalborg* [1], sur le Limfjord, dont les deux rives sont unies en cet endroit par un beau pont, est rattaché par une voie de fer au port de *Randers*, centre de la fabrication des gants dits de Suède, et à *Viborg*, ancienne résidence des rois de Danemark, remarquable par sa magnifique cathédrale.

Aarhus est la ville la plus peuplée du Jylland. Elle est située sur le bord même de la mer, tandis

[1] Mouvement du port d'Aalborg en 1876 : mille cent cinquante navires, jaugeant soixante-douze mille six cent soixante tonneaux.

que les ports de *Horsens* et de *Vejle* sont construits
à l'extrémité de deux fjords. C'est à quelque distance
de Vejle qu'est l'ancien bourg royal de *Jelling*, où
Harald à la Dent Bleue éleva au xe siècle, à Gorn et
à Thyra, ses parents, deux tertres funéraires entre
lesquels s'élèvent une église et des pierres ornées
de runes ou de figures symboliques. Des collines boisées bordent le rivage, de Vejle à *Frédéricia*, où les
Danois battirent l'armée du Schleswig-Holstein, le
6 juillet 1849.

Pour se rendre du Jylland dans l'île de Fyen, on
traverse la mer de Frédéricia à *Strib*. Là, le chemin
de fer conduit le voyageur à *Odense*, la ville con-
sacrée à Odin, vieille cité déjà florissante avant même
que Copenhague eût été fondée. L'aspect d'Odense
est des plus surprenants : c'est un mélange de rues
tortueuses et de rues régulières, de vieilles maisons
et de maisons modernes, aux façades grises, blanches,
brunes, vertes, roses, violettes. Partout, même dans
les ruelles, même dans les faubourgs, règne une pro-
preté étonnante. L'hermine pourrait être l'emblème
d'Odense, a dit un voyageur. Des fleurs et des plantes

ornent toutes les fenêtres, qui, vues d'en bas, ressemblent à des parterres aériens. La cathédrale, de
style gothique, fut bâtie du xiᵉ au xviᵉ siècle : elle
contient des tribunes comme un théâtre et des stalles ;
celles-ci, réservées autrefois à la bourgeoisie, celles-
là à l'aristocratie. « Les chapelles sont très curieuses ;
il y a d'abord la chapelle de Ahsefeld, qui renferme
des tombeaux en bronze sculpté, des armures en
acier et des sépultures de marbre d'un goût barbare,
très original. La chapelle de Walckendorf contient
une bière de bois ciselé où la femme semi-officielle
de Christian IV, Christine Munch, a été embaumée.
On peut faire ouvrir cette bière et contempler sous
les voiles de la mort celle que Christian IV, appelé
ici le Béarnais du Danemark, a le plus aimée. Elle
est admirablement conservée. Les mains, malgré les
plis du temps et du trépas, sont fines, délicates, artistiques. Elle eut de Christian six filles et trois garçons, dont aucun ne régna. Les bas-reliefs du-dessus
du sépulcre de Christian II, un comte de Rantzau,
buriné en granit sur les dalles, et une plaque d'ai-
rain travaillé, derrière laquelle sont les os d'ur

Canut assassiné, méritent encore d'être examinés dans cette église [1]. »

Au sud de Fyen, vis-à-vis la petite île de Thassinge, est la ville de *Svendborg*, dont les maisons s'étagent en pente douce jusqu'à la mer. De là, le spectateur jouit d'un panorama aussi étendu que varié : au loin émergent des grandes eaux les îles de Thassinge, de Stryno, d'Aro, de Langeland, de Thoro, toutes vertes au milieu des flots bleus. Des bois de chênes et de frênes, des bouquets de saules, des forêts de hêtres, mêlant leur bruissement au murmure des vagues, croissent à l'intérieur même des fjords.

L'île de Thassinge renferme le château de Waldemar, élevé par Christan IV et donné depuis à la maison Juel, dont les tombeaux sont rangés par date dans une église bâtie sur la colline Breninge. A cette famille appartient le célèbre amiral Niels Juel.

C'est dans l'île de Sjalland que se trouve *Kjonenhavn* (Copenhague), capitale du Danemarck.

Copenhague forme le point de transition entre

1. DARGAUD, *Voyage en Danemark* (1860) (Hachette).

l'Europe centrale et l'Europe du nord, entre l'Europe
occidentale et la Russie : pour aller de Berlin à Stockholm, de Londres à Pétersbourg, on passe par la
capitale danoise. Le Sund, sur lequel est bâtie Copenhague, est plus commode pour la navigation que
le Petit-Belt et que le Grand-Belt, remplis d'écueils
et de bancs de sable ; il fait communiquer en droite
ligne le Kattégat avec la Baltique, et les navires qui
ont le vent arrière peuvent passer d'une mer à l'autre
sans avoir besoin de louvoyer. De plus, la rive orientale du Sjalland, abritée contre les vents d'ouest,
est plus profonde et plus sûre que la rive opposée.
Il était naturel que les navires faisant le commerce
entre les deux mers s'arrêtassent dans la rade où
s'éleva plus tard la Constantinople du nord. Au milieu du xiie siècle, l'emplacement où s'élève aujourd'hui
Copenhague, était occupé par quelques cabanes de
pêcheurs. L'évêque de Röskilde l'ayant acheté du roi
Wademar Ier, l'entoura de murs et y construisit un
château fort, à l'abri duquel des marchands, de plus
en plus nombreux, vinrent établir leurs comptoirs.
Le hameau prit une telle importance, que Christophe

de Bavière ayant racheté du chapitre de Röskilde ses droits seigneuriaux sur Copenhague, y établit sa résidence (1443). La cour l'y suivit et depuis ce jour Röskilde perdit son influence au profit de Copenhague, qui devint capitale du royaume. Dès le milieu du XIIe siècle, le village primitif était désigné dans les chroniques sous le nom de *Portus Mercatorum*. Cette désignation est restée : *Kjobenhavn* veut dire *Port des marchands*.

Copenhague se compose de trois parties distinctes: la vieille ville, à l'ouest, reconstruite après l'incendie de 1794; la nouvelle ville, à l'est, qui comprend les plus beaux quartiers ; enfin, Christianshavn, située dans l'île d'Amager, véritable jardin potager de la capitale, dont elle est séparée par un canal très étroit, sur lequel on a jeté deux ponts. Les rues, dont la plus animée est celle d'Ostergarde (rue de l'est), sont en général régulières, décorées de beaux jardins et de vastes places : la plus spacieuse est la nouvelle place royale (Kongens-Nye-Torv). Les maisons sont le plus souvent construites en briques: plusieurs se font remarquer par la beauté et l'ampleur de leur proportion. Le Langelinie, belle allée au bord de la mer, est la promenade favorite des citadins, qui peuvent d'ailleurs trouver dans les environs de magnifiques buts d'excursions : au nord, Charlottenlund, avec ses chênes gigantesques ; le village de Bellevue ; le parc royal de Dyrhaven, qui a sept lieues de tour ; les bains de Klampenborg : le château de l'Ermitage, rendez-vous de chasse du roi : le palais de Skodsborg, dans une charmante petite baie, où viennent aborder les yachts de plaisance ; — au sud, la petite ville de Frédériksborg, avec ses parcs antiques et la statue de Frédérik VI. La ceinture de murailles qui entourait naguère la ville est en partie détruite, car les maisons trop à l'étroit ont franchi l'enceinte et se sont éparpillées, dans la campagne. Copenhague est aujourd'hui protégée par la citadelle de Frédérikshavn, par des forts qui isolent la cité proprement dite de la mer, et par des fortifications qui s'élèvent au milieu des vagues sur des îlots artificiels. « Elle est d'origine naissante. Cependant, comme son plus grand développement s'est opéré au XVI⁰ siècle, époque admirable pour

l'architecture, elle n'aurait pas cette plate unifor-
mité, cette régulière et monotone beauté qui fait le
désespoir des touristes, sans les incendies, qui
dans les deux derniers siècles, l'ont périodiquement
dévastée. Élégante et propre, elle n'a pas la majesté
de Paris, de Londres, de Pétersbourg. Les sous-sols
y sont en usage autant qu'à Hambourg. Les tavernes
n'ont de l'attrait pour les buveurs qu'à la condition
d'être souterraines. C'est aussi dans les caves que
se réfugient les fruitiers, les épiciers et tous les
marchands un peu subalternes. Les grands maga-
sins, destinés à l'orfèverie, aux nouveautés, aux
objets de luxe, ne sont pas non plus de plain-pied
avec la rue et n'y ont point d'ouverture. La porte
d'entrée, où l'on n'arrive qu'après avoir gravi quelques marches d'escalier, donne presque toujours
dans un couloir qui divise la maison. Cet arrange-
ment antique, pratiqué du reste en France au siècle
dernier, nuit beaucoup à la beauté d'une ville [1]. »

Bien que Copenhague ne soit pas une ville essentiellement manufacturière, les principaux métiers et

1. *Du Danemark*, par A. de FLAUX, p. 106 (Firmin-Didot).

les principales industries s'y trouvent représentés comme dans les autres capitales européennes. Copenhague doit son importance commerciale à son port, profond de huit mètres et accessible aux plus grands navires, qui peuvent jeter l'ancre au bord même des quais. Des canaux reliant la mer au centre de la ville, permettent aux embarcations plus légères d'apporter au cœur même de la cité les divers objets de consommation. Plus de la moitié du commerce du royaume a pour marché la capitale, et le mouvement du port, non compris le cabotage avec les ports danois, a donné, en 1876, les résultats suivants :

Entrées de voiliers :	4 390	jaugeant	211 800 tonnes
Sorties — —	4 963	—	300 527
	9 353	—	512 327
Entrées de vapeurs :	1 222	jaugeant	149 066 tonnes.
Sorties — —	1 653	—	93 942 —
	2 875		243 008

Total de la navigation : 12228 navires jaugeant 755 335 tonnes.

Enfin, Copenhague est le siège de la Compagnie des Télégraphes du nord, qui possède environ

8,000 kilomètres de fils, allant de l'Angleterre et de la France au Japon, à travers la Russie et la Sibérie.

Malgré son admirable situation, Copenhague n'était pas destinée à devenir le centre d'un grand empire : il manque, en effet, au Danemark la cohésion géographique, et une constitution géologique de nature à permettre l'agglomération des terres conquises autour de la mère patrie. Aussi, malgré la valeur dont ils ont donné plus d'une preuve, les descendants des Northmen sont-ils réduits à l'impuissance. Menacé par l'Allemagne et la Russie, le Danemark ne conservera son indépendance que si la fédération des trois États scandinaves passe dans la réalité des faits. Mais si le panscandinavisme vient un jour à triompher, Copenhague sera la capitale nécessaire, celle qui soudera le mieux les trois États. L'*International peace and arbitration association*, réunie à Berne, au mois d'août 1884, s'est occupée déjà de la question de neutralisation, sur l'invitation de M. Bajer, représentant du Danemark. Celui-ci, après avoir établi l'importance pour l'Alle-

magne et pour la Russie du Sund, du Grand-Belt
et du Petit-Belt, a démontré qu'en cas de guerre
entre les deux empires intéressés, l'un d'entre eux
serait forcément amené à s'en emparer, ainsi que
des côtes qui les bordent, et peut-être ensuite à conserver, après la fin de hostilités, les positions occu-
pées. Pour lui, le seul moyen d'empêcher un sem-
blable fait de se produire, consisterait dans *la con-
clusion d'un traité qui déclarerait les trois pays
scandinaves neutres*, comme le sont déjà la Belgique et la Suisse. Ne serait-ce pas là un achemine-
ment vers la fédération des trois Etats?

Les monuments de Copenhague sont presque tous
remarquables.

Le palais d'Amalienborg, résidence du souverain
est bâti dans le style français du XVIIᵉ siècle. Celui
de Rosenborg fut bâti, par ordre de Christian IV, sous
la direction d'Inigo-Jones, en 1604. La façade très
étroite, ne contient que trois croisées, tandis que les
ailes sont flanquées chacune de trois tours ; dispo-
sition bizarre, qui donne au château la forme d'une
croix grecque. Rosenberg renferme les reliques des

COPENHAGUE.

monarques danois, depuis son fondateur jusqu'à Frédérik VI, et l'on a consacré à chaque souverain une
pièce qui porte son nom et qui est remplie de ses
objets familiers. C'est là que l'on conserve la coupe
de chasse de Christian VI, qui contenait deux bou-
teilles et que le souverain vidait d'un seul trait. La
salle des chevaliers sert de salle de couronnement :
trois lions d'argent, de grandeur naturelle et figu-
rant les deux Belts et le Sund, entourent le trône dont
ils semblent les gardiens.

Le Rigsdag siégeait naguère dans le palais de
Christiansborg, reconstruit à la suite de l'incendie
de 1794 et brûlé de nouveau en octobre 1884. Sa
façade avait un développement de 120 mètres, et son
portail était orné de sculptures et de statues dues
au ciseau de Thorvaldsen. Dans une de ses ailes était
installé le musée de peinture.

La ville n'est pas riche en statues. Il faut cependant
citer, parmi les principales : celle de Frédérik VII,
de Frédérik V, du physicien OErsted, de l'astronome
Tycho-Brahé, de Holberg et de OEhlenschlaeger. Ces
deux dernières statues se dressent en face du Théâtre

Royal de Kongens-Nye-Torv, où l'on représente des
opéras, des ballets tirés de la mythologie scandinave, des tragédies, des drames, des comédies empruntés non seulement au répertoire national, mais
aussi aux auteurs ou compositeurs français, allemands ou italiens. Le *Folke-Théâtre* est réservé au
vaudeville et à la comédie ; le *Vertevero-Théâtre* aux
pièces légères et bouffonnes. Le *Théâtre du Casino*
rappelle nos *Folies-Dramatiques.* Quant au théâtre
particulier de la cour, il était installé dans le palais
de Christiansborg avant l'incendie.

Le soir venu, la population de Copenhague se ré-
pand aux alentours, qui sont peuplés de guinguettes,
de cafés chantants et de jardins publics. Le plus fréquenté des établissements de ce genre est celui de
Tivoli : quinze mille personnes environ y circulent
à l'aise moyennant une rétribution de 0 fr. 75. Toutes
les distractions imaginables sont réunies dans cet
Eden populaire : excellent orchestre, salle de spectacle, ballets, cafés chantants, pantomimes, salle de
bal, montagnes russes, concerts en plein vent, bazar,
restaurant, tir au pistolet et jeux de toutes sortes.

Le parc de l'Alhambra est moins fréquenté que Tivoli, bien qu'il n'ait rien à envier à son rival.

Ce goût pour les plaisirs n'empêche pas les Danois d'aimer l'étude et de visiter les musées dont Copenhague s'est enrichie. Le musée ethnographique possède des collections au mérite desquelles les savants de tous les pays se plaisent à rendre justice. Le musée des Antiquités du nord organisé par Thomsen, le célèbre fondateur de l'archéologie danoise, est d'autant plus riche que la loi oblige celui qui a découvert un objet antique à l'envoyer au musée de Copenhague. Les pièces exposées sont divisées en trois âges, qui sont comme autant de cycles de l'histoire du Nord : âge de la pierre, âge du bronze, âge du fer. Le premier étage est consacré à des objets de date plus récente : armures de chevaliers, armes damasquinées, manuscrits, tablettes en cire écrites au burin, hanaps en métal ou en ivoire, cornes à boire, tapisseries anciennes, couronnes de mariées depuis les temps les plus reculés jusqu'à nos jours. Le musée de Rosenborg continue en quelque sorte le musée des Antiquités, puisqu'il renferme toutes

sortes d'objets, dont la succession donne une idée
fidèle de la vie danoise aux diverses époques. Pour
clore la série des musées, nous signalerons un cé-
notaphe de style égyptien consacré à Thorvaldsen
et renfermant, avec les restes de l'illustre sculpteur,
la collection complète de ses œuvres originales ou
reproduites [1].

Les bibliothèques, qui, comme les musées, con-
tribuent si puissamment à la vulgarisation des con-
naissances humaines, sont loin de faire défaut : la
Bibliothèque royale compte cinq cent mille volumes,
entre autres les manuscrits des Eddas. La Bibliothèque
Classen et celle des beaux-arts sont aussi riches et
anciennes, mais elles le sont beaucoup moins que
celle de l'Université, qui renferme deux cent cinquante
mille volumes, notamment la collection des sagas
islandaises, et à laquelle l'ordonnance de 1821 ga-
rantit un exemplaire de chacun des ouvrages nouveaux.

Cette description est déjà bien longue, et pourtant
nous n'avons fait qu'indiquer sommairement les cho-

---

[1] Voir le chapitre: *Beaux-arts*, p. 113.

ses les plus remarquables de Copenhague. Le cadre restreint de ce volume nous met dans l'obligation de n'accorder qu'une simple mention à la Banque nationale (style italien de la Renaissance) ; aux hôpitaux de Frédérik V et de la Commune ; à la Bourse, que surmonte un clocher formé de quatre dragons entrelacés ; à l'hôtel de ville ; à la synagogue ; à l'église de Notre-Dame, ornée de treize statues de Thorvaldsen (*le Christ et ses apôtres*) ; enfin, à l'église de la Trinité, contiguë à cette Tour Ronde que Pierre le Grand s'amusait à gravir au trot de son cheval et dont les inscriptions sont tracées dans la langue des Eddas, idiome primordial des races scandinaves. La Tour-Ronde (*Runde taarn*) a 120 pieds de haut : on arrive à son sommet par une pente douce en spirale sans avoir besoin de franchir une seule marche d'escalier. Mentionnons aussi l'inscription suivante qui se lit sur l'un des murs de la maison commune :

My Lov skal
Man Land bigge :

« C'est sur la loi qu'il faut fonder le pays. »

Un bateau à vapeur part tous les matins de Copenhague pour *Helsingör* (Elseneur), d'où il revient le soir même : le promeneur, s'il déjeune à bord, a donc le temps de visiter les curiosités de la ville sans être tenu d'y coucher. Pendant la traversée, ce bateau ne s'éloigne jamais de la côte, parsemée de villas et de cabanes de pêcheurs. Charlottenlund, Bellevue, le parc de Dyrhaven, qui a sept lieues de tour, les bains de Klampenborg, les châteaux de l'Ermitage et de Skodsborg, l'île de Hveen, qu'habita le célèbre Tycho-Brahé, les forêts de Niberod et de Nyrup, en un mot une foule de merveilles dues à la nature et embellies par la main de l'homme rendent le trajet par mer beaucoup plus agréable que le trajet par terre. Le chemin de fer de Copenhague à Helsingör est en effet beaucoup plus long. Il est vrai que, s'il décrit une courbe très accentuée, il passe auprès du château de Frédériksborg, le Versailles du Danemark, et à Frédensborg, résidence d'été du souverain.

Helsingör n'a jamais été la capitale du Danemark que dans le drame de Shakespeare. C'est une petite ville propre, assez animée et dont la population se compose surtout de marchands et d'aubergistes ; elle est bâtie à vingt minutes du château de Marienlyst, peu remarquable par lui-même, mais très connu, grâce à la tradition qui a placé dans ces lieux la villa d'Hamlet.

« Marienlyst s'élève à peu de distance d'une colline de gazon, à laquelle il est relié à chaque étage par un pont volant. Avant d'arriver au faîte, et cependant au-dessus des toits du château, s'étend une surface plane, étroite et longue, plantée de hêtres, et qu'on appelle la terrasse d'Hamlet. On jouit de cet endroit d'un des plus beaux points de vue qui existent dans le nord : à ses pieds, on voit les jardins de Marienlyst que baignent les flots du Sund ; puis, au delà de la mer, la ville d'Helsingborg, des plaines vertes, et, enfin, tout à l'horizon, les montagnes bleues de la Suède ; à droite, la ville d'Elseneur, avec sa jolie cathédrale, qui lève fièrement sa tête noire au-dessus des toits rouges des maisons, et, sur un cap, son magnifique château de Kronborg ; à gauche, les grasses vallées du Seeland, dont les vastes prairies se confondent avec l'azur du ciel et les eaux glauques de la Baltique. On dit que c'est

sous ces ombrages épais qu'Hamlet allait rêver au
moyen de découvrir et de punir le meurtrier de son
père. Il n'y a pas ici une pierre, un arbre, une motte
de terre qui ne soit empreinte du souvenir de notre
héros. Au-dessus de la terrasse, tout au sommet de
la colline s'étend un vaste plateau ; au milieu de ce
plateau s'élève une pierre runique. La terre qui l'en-
toure, fraîchement cultivée était émaillée de fleurs ;
c'est là, d'après la tradition, que repose du sommeil
éternel le corps qui servit d'enveloppe à l'âme loyale,
inquiète, tourmentée de ce pauvre Hamlet [1]. »

Marienlyst était la villa des vieux monarques danois : Kronborg en était le château, Kronborg qui,
malgré les efforts des siècles et des tempêtes, dresse
son énorme masse sur une langue de terre, au plus
étroit du Sund. Cette antique demeure a remplacé
au xvie siècle le château d'OErekrog, qui avait été
construit lui-même sur l'emplacement du Flynder-
borg. Les Danois ont une sorte de respect supersti-
tieux pour ses épaisses murailles, ses larges cours,
ses voûtes sombres, ses longs péristyles, ses immen-

[1] De Flaux, *op. cit.*, p. 125-129.

ses et innombrables salles, son église aux dalles so-
nores ; et, si l'on en croit la légende, Ogier le Danois
(Holger Danske) dort dans ses souterrains jusqu'au
jour où la patrie menacée aura besoin de son bras.

Mais ni Helsingör, ni Marienlyst, ni Kronborg n'ont
été habités par le héros de Shakespeare, qui, en réalité, a vécu dans le Jylland. Saxo-Grammaticus nous
apprend qu'Hamlet était le fils d'un chef de pirates
qui gouvernait le Jylland avant l'ère chrétienne. Sé-
duite par son beau-frère, la mère du jeune homme
avait égorgé son mari pour épouser son amant. Hamlet
instruit de ce crime, simula la folie pour venger plus
facilement la victime. A la suite d'une foule de pé-
ripéties essentiellement dramatiques, il parvint au
but désiré et assassina l'usurpateur après lui avoir
reproché le forfait dont il s'était rendu coupable. Il
épousa ensuite en secondes noces une reine étrangère
et périt dans un combat. On voit que le dramaturge
anglais s'est fort écarté de la chronique. Qui son-
gerait à le lui reprocher ?

Röskilde, ancienne capitale et ancienne métropole
du Danemark, possède aujourd'hui encore la plus belle

cathédrale de la contrée. Fondé en 980 par Harald à la
Dent Bleue, cet édifice domine la baie d'Ise-fjord, dont
il est cependant séparé par un assez long promontoire. Il est le Westminster et le Saint-Denis du Danemark : Saxo-Grammaticus y est enterré parmi les
monarques. Les plus beaux monuments renfermés
dans l'église sont les tombeaux en marbre blanc de
Frédérik IV et de sa femme la reine Louise : sur le
devant est un enfant qui pleure, par derrière la Renommée, qui embouche la trompette, et au milieu un
Christ étendu.

La cathédrale de Röskilde fut, au xie siècle, le
théâtre d'une scène analogue à celle qui eut lieu à
Milan entre l'empereur Théodose et l'évêque Am-
broise. Le roi Svend Estridsen avait fait assassiner
dans la basilique les meurtriers de son père, et, malgré
ce crime, il s'était présenté le lendemain pour assis-
ter à l'office religieux. L'évêque Guillaume, informé
de l'arrivée de Svend, se plaça sur les degrés du
temple et ordonna au souverain de se retirer. Celui-
ci dut faire amende honorable avant de s'agenouiller
de nouveau au pied des autels.

Les autres villes de Danemark ont peu d'impor-
tance. Voici toutefois le chiffre de la population des
villes principales qui ont plus de 5000 habitants :
Copenhague, avec Frédériksberg : 250,000 habit.;
Odense : 20,000 habit. ; Aarhus : 20,000 habit. ;
Aalborg : 12,000 habit. ; Randers : 12,000 habit. ;
Horsens : 12,000 habit. ; Helsingör : 10,000 habit.;
Frédéricia : 8,000 habit. ; Viborg : 7,000 habit. ;
Svenborg: 7,000 habit. ; Vejle : 6,500 habit. ; Kol-
ding : 6,000 habit.; Slagelse : 6,000 habit. ; Rös-
kilde : 6,000 habit. ; Rönne (Bornholm): 6,000 habit.

———

CHAPITRE III

I. — Le sol du Jylland et des îles Danoises contient des traces nombreuses de civilisation primitive,
et c'est par centaines de mille qu'on a ramassé sur
les bords du Kattégat et sur la rive occidentale de
la Baltique, les fragments des industries rudimen-
taires de nos aïeux. Aussi loin qu'il nous est possible de remonter dans les temps préhistoriques,
nous trouvons le Danemark couvert de bouleaux
nains et des arbrisseaux qui viennent de nos jours
au sud de la Laponie. L'homme y vivait concurrem-

ment avec les rennes et les élans sous un climat aussi rigoureux que l'est maintenant celui de la zône polaire. Il se servait d'outils en silex, savait construire des barques, se nourrissait de moules, d'huîtres, de viande de cerf et de sanglier, comme le prouvent les *Kjoekkenmoeddinger* (debris de cuisine) si répandus dans une certaine couche du sol danois. Dans la dernière période de l'âge de la pierre polie, on trouve à côté des outils primitifs, des instruments plus perfectionnés et déposés dans des monuments funéraires qu'on désigne sous le nom de *Jættestner.* Ces *chambres de géants*, composées parfois de plusieurs compartiments formés de blocs de granit, renferment des ustensiles, des armes, des parures, des ossements d'animaux enterrés en compagnie des morts. De plus, les hommes de l'époque néolithique étaient familiarisés avec l'élève des bestiaux et les procédés élémentaires de l'agriculture.

L'âge de bronze ne prit fin très probablement qu'au IIe siècle de notre ère. Les squelettes de cette époque sont recouverts de vêtements dont le tissu épais est parfois très bien conservé ; les armes, les instruments et les parures, de formes élégantes, sont souvent ornés d'appliques en or ; sur les objets sont dessinés des embarcations, des oiseaux, des monstres. C'est peut-être de cette civilisation que parle le marchand Pytheas, de Marseille, qui fit une expédition dans les mers du Nord, trois cents ans avant Jésus. Quant aux caractères runographiques, ils datent de l'âge de fer.

Suivant l'archéologue Nilson et le philologue Rask, le Danemark tout entier était occupé par des tribus Laponnes aux temps qui précèdent l'histoire. D'autres savants estiment que les Lapons n'avaient pénétré dans le Jylland et dans les îles que par groupes de colons errants. Ce qu'il y a de sûr, c'est qu'une race de faible capacité crânienne habita la contrée avant les Germains scandinaves. Lorsque les Kimbres, les Hérules, les Angles, les Saxons, eurent émigré et envahi des pays divers, les Slaves obéissant à la poussée des peuples ver. l'Occident, s'établirent dans les petites îles méridionales de l'archipel ; mais les principaux envahisseurs furent les Danois (*Dænen, Dæna, Dæniske*), ancienne confédération de tribus scandinaves. Pictet pense que les Danois se rattachent aux Daces, de la même façon que les Goths se rattachent aux Gètes, lesquels semblent de la même famille que les Daces et appartiennent comme eux à la famille aryenne. Les Daces et les Gètes, au dire de Strabon, parlaient la même langue, et l'histoire ancienne associe toujours ces deux noms de peuples. Les Daces de l'antiquité apparaissent non seulement dans la Thrace, d'où ils sont partis probablement pour le Nord, mais aussi en Asie, au delà la Caspienne : là comme en Thrace ils paraissent associés aux Gètes.

Les inscriptions runographiques ne constituent pas des documents assez complets pour nous permettre de savoir d'une manière précise comment vivaient les habitants païens des contrées danoises, mais certaines lois du xiie siècle ne furent que la codification de coutumes antérieures et suppléent parfois à l'insuffisance des renseignements fournis par l'épigraphie. La population se partageait en hommes libres et en serfs. Les serfs étaient les descendants des colons

primitifs, qui avaient subi la conquête, où les pri-
sonniers des Vikings. Les familles libres possédaient
des propriétés étendues ; leur chefs connaissaient
l'art de fabriquer des flèches, allaient à la chasse
et à la guerre, jetaient la lance, nageaient, montaient
à cheval et comprenaient les runes. Nous savons
par une vieille poésie, le *Rigsmaal*, qu'ils vivaient
dans des habitations dont le plancher était, par luxe,
recouvert de paille, que leurs femmes ne manquaient
point d'une certaine coquetterie, que leurs fils
étaient habitués de bonne heure à tous les exer-
cices corporels, et qu'ils se nourrissaient de gâ-
teaux de froment, de jambons, de volailles rôties.
Les paysans, également libres, maniaient la hache,
conduisaient la charrue, bâtissaient des granges,
construisaient des chars pendant que leurs femmes
s'occupaient à filer. S'agissait-il de garder les troupeaux, de couper la tourbe, de fumer les champs ?
Tous ces travaux, réputés avilissants, étaient exé-
cutés par les serfs au dos courbé, au teint bruni,
à la peau rugueuse. Quelle que fût la situation de
son époux, la femme était toujours l'objet d'une

grande considération, surtout lorsqu'elle était mère.
La jeune fille épousait non pas l'homme de son choix,
mais celui que ses parents lui destinaient. Elle de-
venait l'égale de son mari ; elle pouvait comme lui
divorcer légalement et quitter la maison en emportant
sa dot.

A la tête de chaque tribu se trouvait généralement
une famille dont un ou plusieurs membres portaient
le titre de roi, et ces rois, chefs du pays en paix
comme en guerre, veillaient au respect des coutumes reçues. Le pays resta divisé en un certain
nombre de petits États jusqu'à ce que Skjold, roi de
Skanie, qui vivait au 1er siècle, fondât, dit-on, la dynastie danoise de Skjoldunger.

Ce fut Dan le Magnifique qui, vers 250, créa la
grandeur du Danemark en s'emparant de toutes les
entrées de la Baltique. Son royaume comprenait non
seulement le Jylland et les îles, mais encore les provinces suédoises de Skanie, de Halland et de Blé-
kingen.

Le pouvoir royal n'était pas très étendu : les hommes
libres discutaient les affaires publiques dans des as-

semblées appelées *Things,* auxquelles assistaient le
monarque ou ses envoyés ; ils avaient le droit d'accorder ou de refuser au souverain la levée des impôts, qui consistaient principalement en vivres et
en munitions de guerre.

Nous connaissons par les Eddas les croyances
religieuses de la Scandinavie païenne. A l'origine
des temps, tout était confondu : au nord était la
région des nuages (Niflsheim) ; au sud la région du
feu et de la lumière (Muspelheim) ; au milieu, un
abîme béant dans lequel luttaient la nuit et le jour,
et où coulaient douze fleuves empoisonnés dont l'eau
durcie par la gelée finit par combler l'abîme. Sous
l'influence de Muspelheim, la glace fondit et en-
gendra le premier être vivant, le géant Ymer, dont
le bras gauche donna naissance à l'homme et à la
femme, tandis que sa main droite et son pied droit
engendrèrent un autre géant à six têtes. De la glace
fondue sortit aussi une vache divine Aoudhoumbla,
qui nourrit Ymer des quatre fleuves de lait coulant
de ses pis (les quatre éléments), et qui, en léchant
les pierres couvertes de givre, en fit sortir le pre-

mier jour la chevelure d'un homme, le second jour
sa tête et le troisième jour l'homme complet, beau,
grand et vigoureux. Celui-ci reçut le nom de Buri,
et de Buri naquit Borr, père d'Odin, de Véli et de
Vé ; ceux-ci égorgèrent Ymer et se partagèrent le
monde. Odin et ses deux frères prirent ensuite deux
arbres et en firent un couple humain, Aske et Embla,
l'homme et la femme, qui habitèrent le Wigard ; la
race divine d'Odin habita l'Asgard, séjour des féli-
cités éternelles, où s'élevait le paradis promis aux
braves, le Walhalla : là, au milieu des nuages bai-
gnés de lumière, les héros morts dans les combats
mangent du jambon et boivent de l'hydromel servi
par les Walkyries ; là, les forts se livrent à des jeux
guerriers pendant que les lâches vivent comme des
ombres dans les ténèbres glaciales de l'enfer. Odin et
Frigga, la déesse de la terre, source de toute fécondité,
procréèrent une race de dieux : Thor, le maître des
nuages ; Balder, le dieu de la lumière ; Niord, le
dieu des mers ; Bragé, le dieu de l'éloquence. Une
lutte terrible ne tarda pas à s'engager entre le bien
et le mal, entre le Walhalla et les Puissances per-

verses ; elle durera jusqu'au jour où, la lumière ayant
vaincu les ténèbres, un monde nouveau et bon rem-
placera l'ancien.

II. — Il suffit de considérer la position géographique de la Scandinavie pour voir que ses habitants
étaient tout naturellement destinés à la navigation,
et pour prévoir ces excursions terribles du moyen
âge, dont la France et l'Angleterre eurent particulièrement à souffrir : un monarque danois finit par
régner sur l'Angleterre (1017), et Charles le Simple
dut céder au chef Rollon la province qui prit le nom
de Normandie (911). Les Northmen se compo-
saient de Norvégiens et de Danois, mais ce mot de
Northmen est en réalité l'ancien nom national des
Norvégiens. Ils descendaient de la même race primitive que les Anglo-Saxons et les Franks, mais
cette antique fraternité ne préservait du pillage ni
la Grande-Bretagne ni les tribus germaniques. D'ailleurs, les hommes du Nord, fidèles au culte d'Odin,
portaient une sorte de haine religieuse aux Teutons
méridionaux convertis au christianisme ; de sorte
que le fanatisme s'alliait chez eux à l'avidité et à la

fougue du tempérament. Aussi aimaient-ils à déva
liser les églises, à tuer les prêtres, à faire coucher
leurs chevaux dans les chapelles, et, lorsqu'ils venaient de mettre à feu et à sang quelque portion du
territoire catholique, ils s'écriaient ironiquement :
« Nous leur avons chanté la messe des lances, elle
a commencé de grand matin et elle a duré jusqu'à
la nuit. »

Les soldats de chaque flotte de barques obéis-
saient à un roi de mer (*Kong*), dont le vaisseau se
distinguait des autres par son ornementation, et
qui commandait aussi les pirates après le débarquement. Le Kong était toujours suivi et écouté,
parce qu'il était le plus brave de tous les braves,
parce qu'il savait gouverner le vaisseau « comme
un bon cavalier manie son cheval », parce qu'enfin
il connaissait le sens des runes gravées sur les armes ou sur la poupe et les rames des vaisseaux.
Hors du combat et loin de la mer, il redevenait
l'égal de ses hommes. Ceux-ci, méprisant les tempêtes, poursuivaient en chantant leurs ennemis sur
la *route des cygnes ;* ou bien ils guettaient leur proie

dans les détroits, les baies et les petits mouillages, ce qui leur fit donner le surnom de *Vikings* (enfants des anses) [1]. Un des rois de mer les plus célèbres est ce Ragnar-Lodbrog qui, enfermé, dans un cachot rempli de serpents et de vipères, entonna au moment d'expirer le « chant de mort » dont voici la traduction :

« Nous avons frappé de nos épées, dans le temps où, jeune encore, j'allais vers l'orient du Sund apprêter un repas sanglant aux bêtes carnassières, et dans ce grand combat où j'envoyai en foule au palais d'Odin le peuple de Helsinghie. De là, nos vaisseaux nous portèrent à l'embouchure de la Vistule, où nos lances entamèrent les cuirasses, et où nos épées rompirent les boucliers.

« Nous avons frappé de nos épées, le jour où j'ai vu des centaines d'hommes couchés sur le sable, près d'un promontoire d'Angleterre ; une rosée de sang dégouttait des épées ; les flèches sifflaient en allant chercher les casques ; c'était pour moi un plaisir sans égal.

[1] Augustin THIERRY, *Conquête de l'Angleterre*, liv. II (Garnier frères).

« Nous avons frappé de nos épées, le jour où j'abattis ce jeune homme, si fier de sa chevelure.

« Quel est le sort d'un homme brave, si ce n'est de tomber des premiers ? Celui qui n'est jamais blessé mène une vie ennuyeuse, et il faut que l'homme attaque l'homme ou lui résiste au jeu des combats.

« Nous avons frappé de nos épées ; maintenant j'éprouve que les hommes sont esclaves du destin et obéissent aux décrets des fées qui président à leur naissance. Quand je lançai en mer mes vaisseaux pour aller rassasier les loups, je ne croyais pas que cette course dût me conduire à la fin de ma vie. Mais je me réjouis en songeant qu'une place m'est réservée dans les salles d'Odin, et que là bientôt, assis au grand banquet, nous boirons la bière à pleins bords dans les coupes de corne.

« Nous avons frappé de nos épées. Si les fils d'Aslauga savaient les angoises que j'éprouve, s'ils savaient que des serpents venineux m'enlacent et me couvrent de morsures, ils tressailliraient tous et voudraient courir au combat ; car la mère que je leur laisse leur a donné des cœurs vaillants. Une vipère m'ouvre la poitrine et pénètre vers mon cœur : je suis vaincu ; mais bientôt, j'espère, la lance d'un de mes fils traversera le cœur d'Œlla.

« Nous avons frappé de nos épées dans cinquante et un combats ; je doute qu'il y ait parmi les hommes un roi plus fameux que moi. Dès ma jeunesse, j'ai appris à ensanglanter le fer ; et il ne faut pas pleurer la mort, il est temps de finir. Envoyés vers moi par Odin, les déesses m'appellent et m'invitent ; je vais, assis aux premières places, boire la bière avec les dieux. Les heures de ma vie s'écoulent ; c'est en riant que je mourrai. »

III. — Louis le Débonnaire (814-840) avait envoyé des missionnaires en Danemark, dans l'espoir que la propagation du christianisme contribuerait à adoucir les mœurs et les habitudes farouches des Vikings. Les missionnaires prêchèrent tout d'abord dans le désert. Ce fut seulement en 827 que le moine Ansgaire s'établit dans le Jylland méridional, où il fonda des écoles, racheta des serfs, et obtint un

certain nombre de conversions. L'Empereur consentit alors à instituer un évêché à Hambourg, et
depuis ce temps, grâce au zèle des missionnaires,
grâce aux rapports constants du Danemark avec les
peuples chrétiens, le catholicisme se propagea rapidement sans entraîner de luttes violentes. La vieille
religion scandinave reçut un coup mortel lorsque
Canut II *le Grand*, un des monarques danois les plus
remarquables, embrassa les croyances romaines.

Canut avait suivi son père Suénon à la conquête
de l'Angleterre. A la mort de Suénon, il eut à combattre Edmund *Côte-de-Fer* avec lequel il partagea
la souveraineté jusqu'en 1017. A cette époque le roi
Saxon mourut, et Canut, resté seul, chercha à se
concilier l'affection de ses nouveaux sujets. Il se fit
chrétien, épousa Emma, veuve du roi Ethelred II,
rétablit les anciennes lois, confia aux nationaux les
principales charges et assura la tranquillité des côtes.
Son frère Harold étant mort en 1018, il réunit sur
sa tête les couronnes d'Angleterre et de Danemark
et conquit ensuite la Norvège, dont il donna la couronne à son fils naturel Suénon (1030), lequel op-

prima tellement ses sujets, que ceux-ci le chassèrent
en 1036 et recouvrèrent leur indépendance jusqu'en 1397. Il favorisa la propagation du christianisme dans ses États, donna des encouragements
à l'agriculture et à l'industrie, conclut un traité
d'amitié et de commerce avec Conrad, II qui lui abandonna le margraviat de Schleswig, fit un pèlerinage à
Rome et bâtit beaucoup d'églises et de monastères.
Mais le grand empire qu'il avait fondé ne lui survé-
cut guère. En 1042, l'Angleterre fit retour à la dynastie Saxonne, et la couronne de Danemark échut
au roi des Norvégiens jusqu'à ce que Suénon II
fondât la dynastie danoise des Estrithides (1043), qui
ne s'éteignit qu'en 1448. Les successeurs de Suénon ont peu de titres à la reconnaissance de la pos-
térité ; ils gouvernèrent mal leurs États, établirent
des dîmes, se montrèrent souvent injustes et exci-
tèrent par leur sévérité une révolte des paysans du
Jylland. Quand Waldemar *le Grand* monta sur le
trône en 1157, le pays était en proie à l'anarchie et
à la guerre civile. Secondé par l'évêque Absalon,
Waldemar sut administrer son royaume avec sa-

gesse ; il publia la *loi de Skanie* et la *loi de Sjal-land* ; il attaqua les Vendes de la Baltique, auxquels il imposa la paix et le christianisme ; il prit Stettin et Julin ; il se fit craindre des Courlandais et des Esthoniens, et il refusa de reconnaître comme suzerain l'empereur d'Allemagne Frédérik Barberousse. Son fils Canut VI (1182-1202) soumit les Poméraniens de l'ouest, obligea les pirates Livoniens et Esthoniens à embrasser la foi catholique, et, après avoir triomphé du Mecklembourg, du Holstein, de Hambourg, de Lübeck, excités contre lui par Barberousse, il prit le titre de roi des Slaves et des Vandales. Waldemar II (1202-1241) fut, malgré son surnom de *Victorieux*, peu favorisé de la fortune dans les guerres qu'il entreprit ; seulement, il gouverna avec tant de prudence, que le Danemark arriva à un état de bien-être dont Arnold de Lübeck, chroniqueur allemand, fait un éloge d'autant plus sincère qu'il vient d'un ennemi. « La pêche annuelle que font les Danois sur les côtes de la Skanie, leur procure en abondance des biens de toutes sortes ; les marchands des contrées voisines apportent chez eux de l'or, de l'argent et d'autres objets précieux, qu'ils cèdent pour des harengs, que Dieu donne gratuitement aux pêcheurs. Aussi les vêtements ne sont-ils pas faits seulement de fourrures bordées d'écarlate, mais encore de pourpre et de lin. Les fertiles pâturages du Danemark nourrissent des chevaux magnifiques. » La pêche du hareng était très productive, les forêts riches en gibier et en bois de construction. La vie intellectuelle se développait aussi. et les jeunes gens fréquentaient les universités étrangères. « Ce n'est pas seulement le clergé, dit encore Arnold, qui va à Paris ; les nobles y envoient aussi leurs fils pour s'y instruire. Les Danois se distinguent par leur habileté dans la discussion, par la facilité avec laquelle ils s'approprient les langues étrangères et par leur connaissance approfondie du droit canon. » Waldemar promulga enfin le *Code du Jylland*, monument législatif d'une grande valeur.

A mesure que les rois soutinrent *manu militari* les intérêts du clergé, il s'établit en Danemark des distinctions sociales inconnues auparavant. La

population païenne était animée de sentiments éga-
litaires ; tous ses membres étaient libres, puisque
les serfs ne se recrutaient que parmi les étrangers.
Les marins, qui possédaient l'argent, les paysans,
qui possédaient le sol, jouissaient des mêmes droits,
et c'était le plus fort, le plus téméraire que ses
égaux choisissaient pour chef. Bientôt, les rois ex-
posés à l'inconstance de leurs sujets, songèrent à
s'appuyer sur une noblesse dévouée à leur service :
pour faire partie de cette noblesse, il ne fallut
qu'être propriétaire : on donna sa terre au roi, qui
la restitua avec des privilèges et des titres. A côté
de cette aristocratie laïque se forma une aristocratie cléricale, qui mit ses immenses biens au service
des seigneurs et concourut avec eux à asservir la
nation. Comme les paysans les plus influents et les
plus riches étaient sortis de leur condition en se
faisant anoblir, les habitants des campagnes auxquels se mêlèrent d'anciens serfs affranchis, perdirent tout leur prestige, et les citadins se crurent
supérieurs aux cultivateurs. La société scandinave
se trouva donc divisée en quatre ordres bien dis-

CHATEAU DE FRÉDÉRICKSBORG.

tincts : le clergé, la noblesse, la bourgeoisie et les paysans.

Dans le principe, les deux premières classes jugèrent prudent d'agir avec réserve. Les rois continuèrent à être élus dans les assemblées populaires. Celles-ci ne tardèrent pas à être remplacées par des diètes restreintes, où les nobles furent admis en masse, tandis que les bourgeois et les paysans étaient représentés par des délégués. Déjà l'équilibre était donc rompu, et, au XII\e siècle, les rois ne prirent plus la peine de consulter le Thing : leur élection devint une vaine formalité ; ils gouvernèrent l'État à l'aide d'un sénat docile, composé de quelques grands seigneurs et de quelques prélats. Les paysans non anoblis passèrent sous le joug de ceux dont ils avaient été les égaux ; accablés de corvées, ils durent vendre leurs terres pour payer les impôts et devenir les fermiers de leurs propres biens ; bien plus, en 1410, ils furent tous proclamés serfs. Ce nouvel état social souleva des divisions intestines, à la faveur desquelles des seigneurs allemands s'introduisirent dans le Danemark : le roi

payait leurs services en biens-fonds, et lorsque
Christophe II mourut, en 1333, il ne possédait rien
en propre du sol danois. C'était le tour de la royauté
d'être maintenant dépendante des seigneurs.

De 1333 à 1340, il se produisit un interrègne pendant lequel les Allemands acquirent une influence
de plus en plus considérable. Waldemar IV ne put
que difficilement ranimer l'esprit national et il fal-
lutpour éviter une décadence probable l'énergie et
le talent de Marguerite de Waldemar, la Sémiramis
du Nord. Nommée régente de Danemark et de Norvège après la mort de son père et celle de son
mari, elle conquit la Suède par force et par adresse,
et vainquit à Falköping Albert de Mecklembourg
(1387). Dix ans plus tard, elle consacra par l'Union
de Kalmar la fédération des trois États Scandinaves. Chaque royaume, tout en relevant du même
sceptre, conserva sa législation particulière et fut
administré par des nationaux. Ce furent des rois
d'origine allemande qui succédèrent à cette femme
supérieure, dont ils ne surent pas continuer l'œuvre.

Marguerite avait donné le Schleswig en fief au comte

de Holstein. Erik le Poméranien voulut recouvrer
cette province, et il prodigua à ce point le sang de
ses sujets, que les Suédois se détachèrent de l'Union
pour la première fois. A la mort du dernier comte
de Holstein, Christïan Ier, fondateur de la dynastie
d'Oldenbourg (1448-1481), reprit le Schleswig comme
fief danois, et acheta en outre le Holstein à des conditions si onéreuses que les Suédois, dont il avait
reçu la soumission, se détachèrent du Danemark
pour la seconde fois. Enfin, le roi Jean (1481-1513)
ayant voulu soutenir ses prétentions comme duc
d'Holstein, essuya une sanglante défaite. Jean eut
pour fils le fameux Christian II (1513-1523), homme
féroce, violent, opiniâtre et emporté, qui pour imposer sa domination à la Suède, eut recours aux
plus horribles cruautés. Christian, « monstre formé
de vices sans aucune vertu », accomplit cependant
quelques réformes utiles : il établit des écoles ; il
délivra le commerce du joug allemand ; il régularisa
le tarif des douanes et institua la poste ; il s'appuya
sur les paysans contre la noblesse en créant les
fermes viagères et en abolissant la coutume barbare

de *vendre les pauvres paysans comme du bétail ;*
très sévère pour les seigneurs, il fit condamner à
mort par un conseil de paysans Torben Oxe, grand seigneur que ses pairs n'avaient pas voulu condamner

« Indignés, émus, craignant tout, prêtres et nobles se levèrent contre lui, tandis que la Suède tout
entière se ralliait à Gustave Vasa. Les villes han
séatiques, qui prétendaient maintenir leur influence
commerciale, déclarèrent la guerre à Christian ; et
son oncle paternel Frédérik accepta la couronne de
Danemark qu'on lui offrait. Le roi détrôné s'enfuit
auprès de son beau-frère Charles-Quint. Quelque
temps après, il essaya de reprendre le pouvoir,
mais il fut fait prisonnier et sa captivité dura jusqu'à sa mort, qui n'arriva que vingt-sept ans après.
On brûla les statuts qu'il avait rédigés ; on les disait
contraires aux anciennes coutumes et aux mœurs
du pays. Ces institutions nouvelles n'avaient pas eu
le temps de s'affermir ; elles paraissaient exagé-
rées ; l'ancien régime se révolta contre le nouveau
et elles furent détruites ; ce n'est qu'après plusieurs
siècles qu'elles purent s'établir et régner à leur

tour. La chute de la noblesse et l'établissement du
pouvoir royal absolu n'eurent lieu qu'en 1660. On
brûla les sorcières jusqu'à la fin du XVII° siècle,
comme en France. Les paysans ne furent émancipés
qu'en 1788, et l'enseignement ne devint populaire
qu'en 1814. Frédérik I°ʳ et Gustave Vasa furent élus
rois la même année (1523), l'un de Danemark et de
Norvège, l'autre de Suède. Ce fut la dernière dissolution de l'Union de Kalmar. La Norvège resta
unie au Danemark jusqu'en 1814, époque où elle
en fut détachée par la violence étrangere [1]. » Après
la chute de Christian, le Rigsrad, composé de la noblesse et du haut clergé, devint tout-puissant : on
lui confia l'élection des rois, la rédaction des capi-
tulations, le jugement des différends entre le roi et
la noblesse. Le servage fut rétabli complètement,
les propriétaires fonciers payèrent des taxes vexa-
toires, le seigneur régna dans son fief, la noblesse
en un mot s'empara de tout le pouvoir par des
usurpations successives.

[1] LAMARRE et BERENDZEN, *Aperçu de l'histoire du Danemark.*
(Delagrave.)

IV. — Les prélats, sortis des rangs de l'aristocratie, s'étaient toujours trouvés d'accord avec elle
pour opprimer les ordres inférieurs. Les nobles et
clercs, arrivés à l'apogée de leur puissance après
la déchéance de Christian, se montrèrent si arro-
gants et si absolus, que la royauté s'en trouva of-
fensée et qu'à la lutte des grands contre les roturiers
succéda la lutte du trône contre l'autel, c'est-à-
dire contre les auxiliaires des nobles. La noblesse
entière, que Christian avait tenté d'écraser, crut
qu'en adoptant la Réformation, elle enlèverait tout
espoir de retour au monarque déchu, représentant
du principe catholique en Danemark. Elle se con-
vertit donc au luthéranisme, et Frédérik Ier lui-
même adopta la religion nouvelle. Deux ans après
(1527), les États généraux d'Odense, dans l'île de
Fyen, décrétèrent la liberté de conscience, soumi-
rent les évêques au tribunal du roi et brisèrent les
liens qui unissaient le clergé au Vatican ; Frédérik
approuva ensuite à la diète de Copenhague la profession de foi des réformateurs danois. Les prêtres,
relégués dans les églises, perdirent toute influence

politique et la plupart de leurs richesses ; les nobles abandonnèrent les charges ecclésiastiques à la bourgeoisie ; en cela, ils furent maladroits, puisqu'ils se privaient du concours d'un allié dont les masses subissaient encore l'ascendant.

Cependant les paysans et les habitants des villes, froissés et irrités des prérogatives de l'aristocratie, regrettaient autant que les catholiques le tyran déposé en 1523. Celui-ci jugea le moment favorable pour reconquérir sa couronne. Il associa sa cause à celle de la religion romaine, équipa une flotte avec l'assistance de Charles-Quint et débarqua à Opslo. Les Norvégiens, ennemis de la Réformation, le reçurent avec enthousiasme (1531), mais les Suédois le repoussèrent, et il dut se rendre à son rival, qui le fit enfermer dans le donjon de Sonderborg, où il languit vingt-sept ans. Christian III, fils aîné de Frédérik Ier, ne monta sur le trône qu'après un interrègne de deux ans. Pour achever l'œuvre de son prédécesseur, il convoqua une diète, d'où il exclut les représentants du clergé, et qui déclara, en même temps que la déchéance des évêques, la sécularisa-

tion des biens ecclésiastiques au profit des seigneurs.
L'Église évangélique fut organisée d'après les con-
scils de Luther lui-même, et un décret réduisit la
Norvège à l'état de simple province de la monarchie danoise. On voit que l'introduction du protes-
tantisme ne donna pas lieu aux guerres civiles qui
désolèrent d'autres nations. La tranquillité du pays
ne fut pas troublée, et, pendant que les rois et les
nobles guerroyaient contre la Suède, le commerce
et la navigation firent de remarquables progrès.
Quant aux agriculteurs, ils ne cessaient point d'être
durement opprimés.

Le roi Frédéric II (1559-1588), quelques années
après son avènement, entra en lutte contre la Suède.
Un instant suspendues, les hostilités reprirent avec
une nouvelle violence et ne furent apaisées que par
la médiation de l'Empereur, du roi de France et de
l'électeur de Saxe, qui amenèrent les deux royaumes
à conclure la paix de Stettin, par laquelle Frédérik
reconnut l'indépendance de la Suède (1570). La
guerre recommença encore sous Christian IV
(1588-1648), qui prit dans la suite une part malheu-

reuse à la guerre de Trente ans, et dont le règne ne fut signalé que par des insuccès. Son fils Frédérik III (1648-1670) déclara une fois de plus la guerre à la Suède : Charles X Gustave, à cette nouvelle, arriva à grandes journées dans le Jylland, passa les détroits sur la glace, arriva en Sjalland et imposa aux Danois le traité de Röskilde, qui lui donna la moitié de la Norvège, le tiers du Danemark, la Skanie, le Halland, le Blekingen, Bornholn et douze vaisseaux de guerre. Les ducs de Holstein-Gottorp et leurs descendants mâles étaient déclarés indépendants de la couronne danoise. Non content de tous ces avantages, Charles-Gustave débarqua brusquement devant Copenhague, dont il espérait s'emparer par un hardi coup de main. Il se trompait.— Ses troupes n'essuyèrent à vrai dire que des échecs, et les Hollandais craignant que la Suède ne s'emparât des deux bords du Sund, envoyèrent leur flotte contre les vaisseaux assiégeants. Mais, malgré la belle conduite des Sjallandais, la diplomatie européenne fit en sorte que la paix de Copenhague confirmât, avec l'indépendance des ducs de Gottorp, la cession de la Skanie, du Halland et du Blekingen (1660).

V. — A mesure que la noblesse était devenue
plus isolée, autant par sa rupture avec le clergé
catholique que par la haine qu'elle inspirait aux ordres inférieurs, elle s'était montrée plus bravache
et plus audacieuse. Les masses lui attribuèrent donc
les désastres de 1658 et s'enthousiasmèrent pour
le roi, qui s'était courageusement conduit l'année
suivante ; les esprits s'émurent contre les seigneurs,
tandis que Frédérik gagna l'entière affection du
peuple. Une diète fut convoquée à Copenhague ; le
grand maître Gersdorf en fit l'ouverture le 10 septembre 1660 et démontra « qu'il fallait, dans le plus
bref délai, payer et licencier les mercenaires, logés
chez les bourgeois et les paysans, et devenus d'autant plus insupportables qu'ils étaient inutiles ; qu'il
fallait reconstruire ou réparer les forteresses qui
étaient endommagées ou démolies, réorganiser l'armée et recomposer une flotte, à moins de voir se
renouveler les tristes scènes des deux années pré-
cédentes. On ne pouvait remédier à rien sans argent, et comment en demander à l'agriculture et au

commerce, également épuisés ? » Le discours du
grand maître était assurément juste et sensé ; mais
la noblesse fut convaincue dès lors que le roi avait
pris la résolution de s'appuyer sur les roturiers.
Elle défendit donc rigoureusement ses privilèges et
ne consentit que par exception à l'établissement
provisoire d'une taxe sur les consommations, dont
elle ne serait passible qu'en ville, en dehors de ses
manoirs ; puis elle attaqua violemment la cour.
Les prêtres et les bourgeois, comptant sur l'appui
de la royauté, déclarèrent catégoriquement qu'ils
ne se soumettraient jamais à une obligation ou à un
impôt qui ne frapperaient pas également l'aristocratie. Il était évident qu'une évolution importante
s'était tacitement opérée dans l'opinion publique.
Le premier ordre, abandonné par le trône, fut surtout exaspéré lorsque Jean Svane et Jean Nansen
proposèrent « que les biens de la couronne, au lieu
d'être donnés à la noblesse pour des redevances in-
signifiantes, fussent affermés au plus offrant et dernier enchérisseur » ; ils soutenaient « que, dans
l'esprit des donateurs, les revenus de ces domaines,

destinés à augmenter les ressources de l'État, devaient diminuer d'autant les sacrifices imposés aux
contribuables ». La noblesse eut beau crier à la
spoliation, les orateurs maintinrent leur motion
avec hauteur. Bien plus, Svane réunit chez lui les
hommes les plus passionnés et les plus influents
de la bourgeoisie et du clergé pour les exciter à la
révolte, et il se mit avec Nansen à la tête d'une dé-
putation qui alla supplier le roi de tenir tête aux
injustes prétentions des aristocrates. Quant tout fut
préparé, les clercs et les bourgeois proposèrent aux
nobles de déclarer la couronne *héréditaire :* les op-
presseurs effrayés délièrent le monarque des engagements pris dans la capitulation royale et renon-
cèrent à défendre l'*électivité* de la couronne, principe
qui avait été si favorable aux progrès de leurs
usurpations. Ces hommes lâches et pusillanimes, se
jugeant trop faibles pour résister au peuple, vinrent
aussitôt après se courber devant le souverain, dans
l'espoir de conserver par la bassesse une partie
des privilèges qu'ils avaient dus si longtemps à la
force.

Frédérik III devenu brusquement le maître absolu de la nation danoise, accorda à la noblesse une charte constitutive, maintint les bourgeois dans la plupart de leurs prérogatives, proclama son autorité sur les ecclésiastiques, et ne songea point à améliorer le sort des paysans. Il s'engagea à suivre la religion protestante, à résider dans son royaume et à respecter l'intégrité du Danemark. Aidé du comte de Griffenfeld, il rédigea la Loi royale (*Lex regia*), dont nous citerons les dispositions principales :

« Les rois héréditaires de Danemark et de Norvège seront et devront être regardés par tous leurs sujets comme les seuls chefs suprêmes qu'ils aient sur la terre. Ils seront au-dessus de toutes les lois humaines, et ne reconnaîtront, dans les affaires ecclésiastiques et civiles, d'autre juge ou supérieur que Dieu seul. — Il n'y aura donc que le roi qui jouira du droit suprême de faire et d'interpréter les lois, de les abroger, d'y ajouter ou d'y déroger. Il pourra aussi abolir les lois que lui-même ou ses prédécesseurs auront prescrites (la loi royale exceptée), et accorder des exemptions à tous ceux qu'il jugera à propos de dispenser de l'obligation d'obéir aux lois. — De même, il n'y aura que le roi qui aura le pouvoir suprême de donner et d'ôter les emplois, selon son bon plaisir, de nommer les ministres et officiers grands et petits, sous quelque nom ou titre qu'ils soient employés au service de l'État, de sorte que toutes les dignités et tous les offices, de quelque ordre qu'ils soient, tireront leur origine du pouvoir suprême du prince comme de leur source. — C'est au roi seul qu'appartient le droit de disposer des forces et des places du royaume. Il aura seul le droit de faire la guerre avec qui et quand il trouvera bon, de faire des traités, d'imposer des tributs et de lever des contributions de toute espèce. — Le roi aura la juridiction suprême sur tous les ecclésiastiques de ses États, de quelque rang qu'ils soient. C'est à lui de déterminer et de régier les rites et les cérémonies du service divin, de convoquer les conciles et les synodes, assemblés pour régler les affaires de religion, et d'en terminer les sessions; en un mot le roi réunira seul dans sa personne tous

les droits éminents royaux et de la souveraineté,
quelque nom qu'ils puissent avoir, et il les exercera
en vertu de sa propre autorité, etc. etc. »

Ce monument de despotisme, complété en 1665
et déposé parmi les joyaux de la couronne, fut
rendu public lors du couronnement de Christian V
(1670-1699). Celui-ci seconda les efforts de son ministre Griffenfeld, réforma l'administration civile
et militaire, créa l'ordre de chevalerie du Danebrog, institua une nouvelle noblesse titrée et une
bourgeoisie privilégiée. Il fit la guerre à la Suède,
conquit la Skanie, remporta des succès sur mer,
mais fut obligé par Louis XIV, allié de ses adversaires, à restituer sa conquête. Frédérik IV (1699-
1730), forcé d'abord par Charles XII de signer la
paix de Travendal, renouvela la lutte contre la
Suède en 1709, et obtint enfin par la paix de
Frederiksborg de sérieux avantages, tels que la
réunion du duché de Gottorp à la partie royale du
Schleswig. L'instruction fut réorganisée et l'industrie prit un grand essor sous Christian VI, et sous
Frédérik V l'influence de la France commença à

réagir contre la prépondérance de l'élément germanique.

Christian VII, monté sur le trône en 1766, donna toute sa confiance au médecin Struensée, matérialiste convaincu, disciple des philosophes français et novateur absolutiste. Les réformes libérales de ce ministre, qui avait renversé Bernstorff et supprimé le Conseil d'État pour gouverner seul, mécontentèrent les grands et la reine douairière : Struensée fut décapité, bien qu'il n'eût commis, à proprement parler, aucun des crimes dont on l'accusa (1772). Après son supplice, Guldberg, qui gouverna jusqu'en 1784, se montra ennemi déclaré de toute réforme; sous son administration le Danemark fut garanti dans la possession du Holstein en cédant à la Russie les comtés d'Oldenbourg et de Delmenhorst et il entra dans *la ligue de neutralité armée*. Dès 1784, le prince royal déclaré majeur [1] congédia Guldberg et appela Bernstorff le jeune; à la suite d'une courte guerre contre la Suède, il maintint la neutralité du

---

[1] Christian VII était devenu fou à la suite de la conspiration qui amena la chute de Struensée : il laissa le pouvoir à sa mère.

Danemark pendant les guerres de la Révolution, aussi put-il accomplir de sages réformes. Il émancipa les paysans, il abolit le servage, il modifia la corvée et la dîme, il autorisa l'importation des blés, il permit aux israélites d'entrer dans les corporations, il défendit la traite des nègres. Après la mort de Bernstorff, il entra dans une nouvelle ligue des neutres, ce dont les Anglais le firent repentir en venant attaquer Copenhague (1802). Plus tard une nouvelle flotte britannique vint bombarder et presque réduire en cendres la capitale d'un État dont le seul crime était d'entretenir de bons rapports avec la France (1807). Frédérik VI, prince régent, succéda comme roi à son père l'année suivante, et, devenu l'allié intime de Napoléon Ier, eut à combattre l'Angleterre et la Suède, qui convoitait la Norvège. Le czar avait déclaré qu'il ne remettrait pas l'épée au fourreau avant d'avoir puni les destructeurs de Copenhague ; mais, en 1812, il promit la Norvège au prince royal de Suède Charles-Jean (Bernadotte), pour obtenir son alliance contre l'empire français, et, après la bataille de Leipsick, Charles-Jean, pé-

nétrant en Holstein à la tête d'une armée, obligea
Fréderik VI à accepter la paix de Kiel : la Norvège
devint suédoise (1814) et le Danemark ne reçut en
compensation que le duché de Lauenbourg.

VI. — La situation du Danemark était donc fort compromise au commencement du xixᵉ siècle. L'État avait
fait banqueroute en 1813 ; la flotte n'existait pour
ainsi dire plus ; l'agriculture, l'industrie et le commerce étaient ruinés. Le roi eut du moins le mérite
de faire les efforts les plus louables pour améliorer
le sort de sa patrie. Il développa l'enseignement
primaire, il rendit la Banque nationale, il favorisa
les classes populaires, il établit des États provinciaux destinés à donner leur avis sur les questions
d'intérêt civil et financier. Il mourut en 1839, et son
fils Christian VIII (1839-1848) accomplit de sages
réformes.

Frédérik VII, en présence du contre-coup des
journées de février, annonça son intention d'octroyer aux Danois une constitution [1], applicable à

[1] La Charte promulguée le 5 juin 1849 donna au Danemark une
constitution parlementaire.

toute la monarchie, y compris les duchés de Holstein
et de Lauenbourg, par lesquels le Danemark faisait
partie de la Confédération germanique et dont la
population était en majorité allemande. Les Holstei-
nois soutenus par la Prusse, se soulevèrent en 1848.
Après quelques hostilités, un armistice fut conclu
à Malmö. La guerre recommença le 3 avril 1849 :
les Prussiens et les troupes ducales ayant dû lever
le siège de Frédéricia, un nouvel armistice intervint,
et le roi de Prusse se déclara neutre, pour ne pas
mécontenter le czar, parent du monarque danois ;
la soumission des duchés ne se fit plus, dès lors,
longtemps attendre. Le 8 mai 1852, la France, l'Angleterre, la Russie, l'Autriche, la Prusse, la Suède
et le Danemark signèrent le traité de Londres : Christian de Schleswig-Holstein-Glücksbourg fut appelé
à succéder à Frédérik VII, qui n'avait pas d'enfants, à
l'exclusion du duc d'Augustenbourg, lequel renonça
à ses prétentions moyennant une compensation pé-
cuniaire ; le Holstein et le Lauenbourg devaient faire
partie à la fois de la monarchie danoise et de la
Confédération germanique.

En 1863, Frédérik VII ayant annoncé l'intention de donner à toutes les provinces danoises une constitution uniforme, la Diète de Francfort protesta et menaça de faire occuper les duchés par une armée allemande. Le roi mourut la même année, et son successeur Christian IX, qui règne encore, publia le 18 novembre une loi qui incorporait sans réserve le Schleswig au Danemark, et qui, tout en laissant au Holstein son administration particulière, le plaçait sous la haute direction du ministère danois. La Diète de Francfort se tut en ce qui concernait le Schleswig, dont la population était en majorité danoise et qui ne faisait point partie de la Confédération ; mais elle protesta en faveur du Holstein et du Lauenbourg, qu'elle fit occuper par des troupes saxonnes et hanovriennes, dès que Christian IX eut déclaré qu'il maintiendrait à tout prix la loi du 18 novembre. Comptant sur l'appui des puissances signataires du traité de Londres, celui-ci défendit à l'*armée d'exécution* de franchir la frontière du Schleswig. C'est alors que la Prusse intervint secondée par l'Autriche, qui espérait, en prêtant son

concours au roi Guillaume, l'empêcher de s'appro-
prier les duchés et conserver à la guerre un caractère purement fédéral. Sommé d'évacuer le Schleswig,
le général Meza, qui commandait les Danois, répondit
par un refus (31 janvier 1864), et, dès le lendemain,
les armées alliées prirent l'offensive. Les rapides
succès de la Prusse et de l'Autriche effrayèrent
l'Angleterre, qui proposa à la France une interven-
tion commune en faveur du Danemark. Malheureu-
sement une partie de nos troupes était occupée à
la maladroite expédition du Mexique : on se con-
tenta de négocier et de faire signer un armistice aux
belligérants. Dans la conférence qui s'ouvrit alors à
Londres, la Prusse réclama la cession pure et simple
du Holstein, du Lauenbourg et du Schleswig ; comme
en 1871, M. de Bismark abusait de ses avantages !
L'armistice fut dénoncé, les hostilités recommen-
cèrent, et les Danois n'abandonnèrent leurs positions que pied à pied. Enfin, le nombre l'emporta :
le traité de Vienne (30 octobre 1864) trancha la
question des duchés au profit du plus fort. Mais
alors les cabinets de Vienne et de Berlin, ligués

pour l'oppression, se trouvèrent désunis lorsqu'il
fallut partager les dépouilles. Le Danemark avait
tenu six mois : l'Autriche tint juste quelques se-
maines et subit à son tour les conditions que son
ancienne alliée se plut à lui imposer. Grâce au plé-
nipotentiaire de la France, on inscrivit dans la paix
de Prague (24 août 1866) un article en vertu duquel
les districts septentrionaux du Schleswig seraient ren-
dus à leur première nationalité s'ils le déclaraient
par la voix du suffrage universel. Est-il besoin de
dire que cette clause n'a jamais été observée par
la Prusse, bien que les intéressés, par l'organe de
leur représentant à la Diète allemande, aient appelé
à plusieurs reprises l'attention du gouvernement sur
ses engagements d'autrefois? Deux cent mille Danois
supportent à contre-cœur le despotisme germanique,
parce que la rive orientale du Petit-Belt renferme
d'importantes positions stratégiques. Or chacun sait
que M. de Bismark est avant tout un admirateur
passionné de la guerre et de ses barbares consé-
quences, à une époque où tout le monde commence
à comprendre les avantages de la paix.

Christian IX, roi de Danemark, a épousé, le 26 mai 1842, la princesse Julie, fille de Guillaume, land-grave de la Hesse électorale. Le prince royal, en demandant la main de Louise-Joséphine-Eugénie, fille du feu roi Charles XV, a montré à l'Europe que le Danemark et la Suède avaient oublié leurs vieilles rivalités. Christian IX est aussi le beau-père du prince de Galles, du czar Alexandre III, du roi des Hellènes; mais il ne doit compter ni sur l'Angle-terre, intéressée et égoïste, ni sur la Russie préoc-cuppée de sa situation intérieure, ni sur la Grèce trop faible pour prendre une part efficace aux dé-cisions des puissances. Son salut, nous l'avons dit déjà, est attaché au triomphe du Panscandinavisme, c'est-à-dire à la fédération des trois États du Nord.

CHAPITRE IV

ORGANISATION DES POUVOIRS. — DIVISIONS ADMINISTRATIVES

Constitution du 28 juillet 1866. — Pouvoir exécutif : le roi
et ses ministres. — Le Statsraadet. — Pouvoir législatif :
le Rigsdag (Landsthing et Folkething).—Pouvoir judiciaire.
— Divisions administratives : amter et herreder.

La constitution actuelle du Danemark, établie par
la charte du 5 juin 1849, fut modifiée partiellement
en 1855, puis en 1863, et revisée enfin par le statut
du 28 juillet 1866.

Aux termes de cette constitution, le pouvoir exécutif appartient au roi et à ses ministres. Ceux-ci,
dont la réunion constitue le *Statsraadet* (Conseil
d'État) sont au nombre de six (finances, affaires
étrangères, intérieur, instruction publique et cultes,
justice et Islande, guerre et marine). Ils sont res-

ponsables, et, en cas d'accusation, le roi ne peut, s'ils sont reconnus coupables, les grâcier sans le consentement du Folkething.

Le pouvoir législatif est exercé par le *Rigsdag*, qui se compose de deux chambres : le *Landsthing* (Sénat) et le *Folkething* (Chambre des communes). Le Landsthing comprend soixante-six membres. Douze sont nommés à vie par le roi, qui les choisit parmi les anciens membres ou les membres actuels du Folkething; les cinquante-quatre autres sont élus pour huit ans par un collège électoral, comprenant les plus forts contribuables et les délégués de la totalité des citoyens.

Le Folkething a cent deux membres, élus directement pour trois ans par les citoyens âgés de trente ans, résidant depuis un an dans la commune et non secourus. On sait qu'il existe en Danemark (c'est le seul pays d'Europe où il en soit ainsi) une taxe destinée à secourir les malheureux. Les lois de finances sont d'abord examinées par les élus du suffrage universel, qui, comme les membres de la Chambre haute, touchent une indemnité d'environ neuf francs par jour.

Tous les quatre ans, le Landsthing choisit dans son sein les quatre juges assistants du *Hoïesteret*, tribunal suprême, qui connaît seul des accusations parlementaires.

L'Islande jouit d'une constitution particulière, dont nous dirons quelques mots plus loin.

Le pouvoir judiciaire est organisé en trois instances, tant au civil qu'au criminel. Il y a dix-huit tribunaux de première instance, et deux cours d'appel, à Copenhague et à Viborg. Les juges sont à la nomination du roi.

La procédure civile se fait publiquement et par débats contradictoires. Les avocats sont en même temps avoués, et les avocats au Hoïesteret (tribunal parlementaire) ont seuls la faculté de plaider devant toutes les juridictions.

Administrativement, le Danemark est divisé en dix-neuf bailliages (*amter*), à la tête de chacun desquels se trouve un bailli ou *amtmand*, assisté d'un conseil de bailliage (*amtsraad*).

Sjalland et Möen...	Copenhague (ville). — (campagne). Frederiksborg. Holbœck. Sorö. Prœstö.
Bornholm..................	Bornholm.
Laaland et Falster...........	Maribo.
Fyen et îles voisines........	Odense. Svenborg.
Jylland.	Hjörring. Thisted. Aalborg. Viborg. Randers. Aarhus. Vejle. Ringkjöbing. Ribe.

Ces dix-neuf bailliages comprennent cent trente-six arrondissements (*herreder*), administrés par des fonctionnaires qu'on peut assimiler à nos sous-préfets (*herredsfoged*). Enfin, les arrondissements sont subdivisés en communes, et les affaires des communes sont dirigées par des conseils municipaux. Il convient de signaler l'ancienne division du pays en sept diocèses, dont quatre pour le Jylland et trois pour les îles : Sjalland, Laaland et Falster, Fyen, Aalborg, Viborg, Aarhus, Ribe.

CHAPITRE V

LES FINANCES ET L'AGRICULTURE

Etat et accroissement de la fortune publique. — Dette du Danemark. — Budget. — Impôt foncier. — L'agriculture, son état prospère. — Produits agricoles. — Fabrication du beurre. — Les paysans danois. — Mœurs et coutumes.

D'après les statistiques officielles, l'ensemble des richesses du Danemark est évalué de 5 à 7 millions et demi, soit de 3,000 à 3,750 francs par tête. L'accroissement moyen annuel de la fortune publique est d'environ 120 millions, et l'épargne s'élève en moyenne à 160 francs par habitant. La dette, qui, en 1866, dépassait 364 millions, était, dès 1877, réduite à 244 millions.

Comme en France, les projets de lois de finances

sont d'abord discutés à la Chambre issue du suffrage universel. Dans le projet de budget présenté
au Folkething pour l'année finissant le 31 mars 1878,
les dépenses étaient évaluées à 65,373,100 francs,
les recettes à 67,320,333 francs. Voici d'ailleurs le
détail de ces recettes et de ces dépenses :

DÉPENSES

	FRANCS
Liste civile et apanages...................	2.019.562
Diète (Rigsdag).......................	280.000
Conseil d'État........................	132.462
Dette publique.......................	17.635.425
Pensions civiles et militaires............	4.806.325
Affaires étrangères....................	536.917
Cultes, Instruction....................	1.305.777
Justice.............................	3.164.580
Intérieur...........................	2.111.516
Guerre.............................	12.030.546
Marine.............................	6.684.723
Finances...........................	4.144.991
Administration de l'Islande.............	152.880
Travaux publics......................	5.205.970
Dépenses extraordinaires...............	4.068.410
Avances, subventions..................	1.093.016
	65.373.100

ON RENCONTRE A L'ÉTAT SAUVAGE LE CERF.

RECETTES

Domaines, forêts........................	2.428.051
Actif de l'État.........................	6.768.292
Impôts directs........................	11.739.070
Impôts indirects.......................	41.015.800
Postes................................	531 917
Télégraphes...........................	29.372
Loterie...............................	1.190.000
Recettes du Fa-röer	55.318
— des Indes danoises.............	35.000
— diverses......................	1.662.881
Remboursements, etc....................	1.864.632
	67.320.333

Au point de vue de l'impôt, les terres sont classées en *tonnes de blé dur*, et les paysans répartis en trois catégories :

Ceux dont la terre acquitte un impôt de plus d'une tonne ou *gaardmœnd;*

Ceux qui ont seulement une maison et qui payent un impôt inférieur à une tonne, ou *huusmœnd ;*

Ceux qui demeurent chez autrui ou *inderster.*

L'agriculture danoise fait vivre les trois cinquièmes de la population. Elle est dans une situation très prospère, surtout depuis l'abolition des droits d'entrée des céréales importées en Angleterre. Les bois occupent 4,3 pour cent de la surface du pays ; les landes, marais, cours d'eau, 25 pour cent ; les prairies et les jachères, 38,7 pour cent ; les céréales et les plantes légumineuses ou industrielles, 31,7 pour cent. Sur 45,000 kilomètres carrés, 30,000 consistent en terres labourables. Le Danemark est donc un pays très fertile.

Le seigle et l'orge sont plus cultivés que le froment. Toutefois on expédie à l'étranger une assez grande quantité de cette céréale, et d'autre part l'exportation des produits gras alimentaires atteint le chiffre de 40,000,000 de francs, dont 37 millions pour le beurre et 3 millions pour le lard. Les fabriques de sucre, au nombre de deux pour tout le pays, produisent ensemble près de 3,000,000 de kilogrammes. En fait de boissons, les négociants exportent surtout de la bière et de l'eau-de-vie.

On comptait, en 1876, trois millions neuf cent vingt-trois mille animaux domestiques, savoir :

         352,000   chevaux,
       1,348,000   bêtes à cornes [1],
       1,719,000   moutons,
         504,000   porcs.

[1] Toute proportion gardée, le Danemark est le pays d'Europe qui possède le plus de bêtes à cornes. — V. les *Études économiques sur le Danemark* par M. Eugène TISSERAND.

Le Danemark est rempli d'excellents pâturages.
Chaque troupeau de cent cinquante vaches est
confié à la garde d'un berger, qui s'abrite dans une
cabane montée sur roues et meublée d'un lit, d'un
coffre, de deux rayons de sapin où sont rangées des
fioles dont le contenu est destiné aux bestiaux
malades. Les paysannes ont l'habitude de traire
les vaches deux fois par jour. Les jattes de lait
sont versées dans des cuves, où trempe une
pelle à claire-voie, le manche de cette pelle est
adapté à une poulie, que deux roues, mues par
des chevaux, font tourner rapidement. Au bout
d'une demi-heure, on extrait de la cuve des
mottes de beurre qui sont aussitôt pétries, puri-
fiées, salées et mises en barils pour l'exportation.

Les maisons des paysans ne sont jamais misérables. Il y en a de trois sortes : celles qui ont une
cour entre quatre corps de bâtiments, avec plusieurs chevaux et plusieurs vaches; celles qui n'ont
qu'un corps de bâtiment sur un jardin avec un cheval et une vache ; enfin les maisons sans jardin,

ni cour, ni cheval, ni vache, louées par les paysans les plus pauvres.

Les fermes de la première catégorie sont très confortables. On y voit des meubles solides, des poêles où sont suspendues d'énormes pipes, des bassinoires en cuivre toujours bien fourbies, des horloges, des portraits encadrés, des bibles bien reliées, et, aux fenêtres, des pots de fleurs. Ceux qui possèdent des vaches donnent gratuitement du lait à ceux qui n'ont point d'étable.

Les paysans, riches ou pauvres, font cinq repas par jour : à cinq heures du matin, à dix heures, à midi, à cinq heures du soir et à huit heures. A la fin de la journée, on lit quelques versets des Livres saints.

Les mariages durent sept jours. On danse et on mange trois jours avant et trois jours après. A la date fixée pour la cérémonie, les jeunes gens à cheval précèdent les fiancés à l'église. Le pasteur officie, puis la noce revient à la ferme, musique en tête, pour y faire un repas solennel ; mais, auparavant, les époux se placent à l'une des extrémités

de la table ; chacun des convives passe devant eux
et dépose dans un plat de faïence, recouvert d'une
serviette, une pièce d'argent. Le défilé terminé, le
mari jette la serviette dans un coffre : l'argent qui
s'y trouve forme l'entrée en ménage des époux.

CHAPITRE VI

LE COMMERCE ET L'INDUSTRIE

Importations et exportations. — Commerce intérieur et voies de communication. — Principales industries. — La marine marchande. — La pêche.

Le Danemark trafique principalement avec l'Allemagne, l'Angleterre, la Suède et la Norvège. Le chiffre des importations, qui comprennent surtout les objets manufacturés et les denrées coloniales, s'élève par an à 379 millions ; les exportations (eaux-de-vie, produits agricoles, papiers, draps, bestiaux, etc.), à 239 millions.

Le commerce intérieur est assez actif, grâce aux voies de communication qui existent dans le pays. On compte 6,000 kilomètres de routes, quelques canaux et 1,576 kilomètres de chemins de fer, dont plus de 800 appartiennent à l'État. La ligne principale, qui se relie par celle du Schleswig aux chemins européens, part de Kolding et se subdivise dès l'origine en deux lignes secondaires : l'une passe à Frédéricia, Vejle, Horsens, Skanderborg (embranchement sur Herning par l'Himmelsbjerg), Aarhus, Randers (embranchement sur Viborg, Skive et Vemb), Hobro, Aalborg, Hjörring, Frédérikshavn. La seconde passe à Bramminge (embranchement sur Ribe), Esbjerg, Varde, Skjern, Ringkjöbing, Vemb (embranchement sur Randers), Lemvig. — De Frédéricia, une ligne se dirige sur la Suède au moyen de trois traversées en bateau par Fyen (Odense, Nyborg), puis par Sjalland (Korsör, Slagelse, Sorö, Ringsted, Röskilde et Copenhague). Enfin, des paquebots unissent Copenhague à Gœteborg et Stockholm en Suède ; à Aarhus en Jutland ; à Kiel, à Lübeck et à Stettin en Allemagne. De Lübeck on va à Fehmarn et à Nysted, dans Laaland ; de Kiel à Faaborg, dans Fyen, d'Aarhus à Frédéricia, et à Kallendborg, dans Sjalland.

Les lignes télégraphiques (3,000 kilomètres) sont

desservies par cent quatre-vingt-deux bureaux ; le
nombre des télégrammes expédiés approche d'un
million par an, et la poste transporte chaque année
vingt millions de lettres et dix-neuf millions de journaux. Le système métrique est obligatoire dans tout le
royaume depuis le 1er janvier 1880.

Les établissements industriels ne sont pas très
nombreux. Les meubles, auxquels on peut reprocher
quelque rigidité dans la forme, sont d'une grande
solidité et d'un prix très minime. Les porcelaines,
la verrerie, les terres cuites sortent de plusieurs fabriques importantes, et l'on a beaucoup remarqué
à l'exposition de 1878, dans la section danoise, les
ouvrages d'orfévrerie, les bronzes d'art, les métaux
repoussés, la joaillerie, les instruments de précision.

Les industries textiles n'ont jamais atteint un bien
grand développement. Parmi les produits indigènes
on trouve le lin et la laine, mais la soie comme le coton
font complètement défaut. Bien que le Danemark ne
produise pas de coton, l'industrie cotonnière y existe
quand même : la matière première est importée à l'état
de fil. Le tissage est, dans certaines régions, l'objet

d'une industrie considérable. Le Jylland, l'Islande, et les Fa-roër fournissent chaque année une grande quantité de laine un peu grossière, mais servant à fabriquer des draps chauds et solides. Les gants fabriqués en Danemark jouissent d'une certaine réputation.

La constitution géologique du Danemark explique suffisamment pourquoi il ne saurait y avoir dans ce pays d'industrie minière. Le soufre provient de l'Islande ; le Groënland fournit le cryolithe minéral, employé dans la fabrication de la soude, et Bornholm a quelques mines de charbon.

L'industrie mécanique a pris au contraire un grand essor. Le nombre des machines est très considérable, et de 1872 à 1877 il s'est fondé par actions cent huit sociétés industrielles. Le Danemark possède des usines de tous genres, et la première ligne de chemins de fer ouverte à l'exploitation date de 1847.

La marine marchande compte cent soixante-neuf vapeurs, jaugeant 39,478 tonnes, et trois mille trente et un navires à voiles jaugeant 211,165 tonnes. Contrairement à ce qu'on pourrait croire, la pêche ne contribue pas beaucoup à la prospérité générale du pays ; les habitants trouvent plus de sécurité dans la culture des terres fertiles. C'est seulement le long des côtes occidentales, où le sol est improductif, que la pêche constitue un moyen d'existence assuré, car les eaux y sont très poissonneuses. A la bouche du fjord de Ringkjöbing on a pêché en 1862 plus de sept cent mille merlans et vingt-cinq mille morues. Les marins de Bornholm font la pêche du hareng et du saumon. Dans l'île de Fyen, à Middelfart, il existe une corporation de pêcheurs qui, pendant l'hiver, chassent le marsouin, et que la vente de l'huile qu'ils en retirent suffit à faire vivre.

CHAPITRE VII

L'INSTRUCTION PUBLIQUE ET LES CULTES

Enseignements primaire et secondaire. — Enseignement supérieur : l'université de Copenhague. — Bibliothèques et
sociétés savantes. — Liberté de la presse. — Journaux.
— Confessions religieuses.

L'instruction est très développée en Danemark
Aux termes de l'article 85 de la constitution, l'enseignement est donné gratuitement aux enfants qui
appartiennent à des familles pauvres, et l'instruction
primaire est obligatoire pour les jeunes Danois jusqu'à quatorze ans : des peines sont infligées aux pères
de famille négligents. Dans les villes importantes,
il y a des écoles spéciales, des écoles dites latines
ou savantes, et des gymnases publics, qui sont à la

fois des établissements universitaires et des écoles professionnelles.

Tous les villages possèdent leur école primaire, quelques-uns une école secondaire, et l'on peut dire qu'en Danemark tous les habitants savent lire, écrire et compter ; ils ont en outre de leur histoire nationale une connaissance approfondie. Les salles d'asile, très nombreuses, sont réservées aux petits enfants des ouvriers, auxquels on apprend à lire et que l'on soigne gratuitement en cas de maladie.

L'enseignement supérieur est donné à l'Université de Copenhague et dans diverses écoles : *Polytechnick Lærcanstaldt* (pour les ingénieurs, les chimistes, les naturalistes et les mécaniciens) ; *Landbc-Hoiskole* (agriculture) ; *Instituts* des aveugles, des sourds-muets et des aliénés (*Idiotanstalten*). Quant à l'Université de Copenhague, elle comprend ce mille à douze cents étudiants. Sur ce nombre, cinq cents travaillent en vue d'obtenir le diplôme de docteur en théologie, afin de s'assurer, une fois pasteurs, une existence facile et de se marier honorablement. D'après la quantité de cures à donner

et celle des aspirants à ces cures, M. Kierkegarrd
a calculé que les derniers docteurs reçus doivent
attendre plus de vingt ans avant d'entrer en fonc-
tions. Fondée par Christian Ier et inaugurée en 1479,
cette université jouit d'une réputation qu'elle mérite.

Nous avons parlé plus haut des bibliothèques publiques [1], mais il convient de mentionner ici l'existence d'un certain nombre de sociétés savantes,
parmi lesquelles on remarque surtout : la Société
royale des sciences, la Société royale des antiquités
du Nord, la Société pour la propagation des sciences
naturelles, la Société de géographie, la Société Islandaise, la Société de la littérature danoise, la
Société de l'industrie.

Le 12 août 1884, le huitième Congrès international de médecine s'est ouvert à Copenhague en
présence du roi et de la reine de Danemark, du roi
et de la reine de Grèce, du prince héritier et des
autres membres de la famille royale. Huit cents mé-
decins étrangers remplissaient la grande salle du

---

[1] Voir *la description de Copenhague* p. 27.

palais de l'Industrie, et l'assemblée formait comme
un grand conseil de toutes les écoles médicales du
monde.

La liberté de la presse est complète, sauf le cas
de délit contre la famille royale et les souverains
étrangers. Les feuilles publiques ne peuvent être
poursuivies par les autres citoyens, y compris les
ministres, que dans le cas où ceux-ci se portent
partie civile.

Cent trente-trois revues et journaux, dont onze
quotidiens, paraissent à Copenhague, et cent qua-
rante-quatre sont publiés en province ; citons parmi
les feuilles les plus répandues : *Berlingsketidende*,
journal officiel du gouvernement ; la *Patrie (Fædre-
lundet)*, 1839, qui a toujours plaidé en faveur de la
régénération ; *Flyveposten* (Poste volante), organe
de la réaction ; *Folkes-avis* (Journal du peuple,
vingt mille exemplaires) ; *Dags-Telegraphen* (Télé-
graphe du jour) très libéral ; *Morgen-Posten* (Poste
du matin), organe des amis des paysans ; *Dagblages*
(la Quotidienne), organe très accrédité du parti
libéral.

La liberté des cultes ne le cède en rien à la liberté de la presse : elle n'est violée qu'à l'égard du souverain, qui doit professer le luthéranisme, religion officielle de l'État. Suivant la Constitution, chacun peut écouter en matière de religion la voix de sa conscience, pourvu qu'il ne trouble ni la moralité ni l'ordre public (art. 76). En conséquence, personne ne peut être forcé de contribuer à l'entretien d'un culte dont il ne fait pas partie (art. 77). Enfin, nul ne peut être privé de ses droits civils et politiques pour cause de religion, ni être exempté de ce chef de l'accomplissement de ses devoirs de citoyen. Les quatre-vingt-dix-neuf centièmes de la population appartiennent à la confession luthérienne : on compte seulement quatre mille israélites, mille huit cent cinquante-sept catholiques romains, mille quatre cent trente calvinistes, deux mille soixante-neuf mormons, trois mille cent cinquante-sept anabaptistes, une cinquantaine d'anglicans, et environ douze cents membres d'une secte qui s'intitule la libre communauté. Pour le culte catholique, il y a un vicaire apostolique dans le royaume. Le

Danemark est divisé en sept évêchés : Sjalland, Laaland, Falster, Fyen, Ribe, Aarhus, Viborg, Aalborg. Les évêques n'ont pas accès dans le Langsthing, mais ils jouissent cependant de privilèges étendus. L'Islande a un évêque spécial.

CHAPITRE VIII

L'ARMÉE. — SYSTÈME DÉFENSIF DU DANEMARK

Loi du 6 juillet 1867. — Recrutement du contingent. — Effectif de l'armée de terre. — Armée navale. — Projet de réorganisation défensive présenté au Rigsdag en 1882.

Conformément aux dispositions de la loi du 6 juillet 1867, l'armée danoise se compose de tous les hommes valides âgés de vingt-deux ans révolus. Ceux-ci doivent le service pendant seize ans, dont quatre dans l'armée active, quatre dans la réserve de l'armée active, et huit dans la landwehr.

Le pays est divisé en cinq cercles, qui recrutent chacun une brigade d'infanterie et un régiment de cavalerie. Le contingent de l'artillerie est fourni moitié par les deux premiers cercles, moitié par

les trois autres. Le contingent du génie est fourni
par tous les cercles. Les forces du royaume comprennent vingt-un bataillons d'infanterie de ligne,
avec dix bataillons de réserve et onze de landwehr ;
cinq régiments de cavalerie, ayant chacun trois es-
cadrons actifs et un dépôt ; deux régiments d'artillerie à douze batteries, dont deux de ligne et une
de réserve ; deux bataillons de génie. Au commencement de septembre 1877, l'armée régulière comprenait trente-cinq mille six cent cinquante-sept
hommes, l'armée de réserve treize mille deux cent
soixante dix-neuf soldats.

Les habitants des côtes sont recrutés pour le
service sur mer. La marine de l'État se composait,
à la fin de 1877, de trente-trois bâtiments à vapeur, dont sept cuirassés, et de trente-deux navires à voiles. Ces vaisseaux étaient armés de trois
cent dix canons, et les équipages de la flotte, formés
de deux mille huit cent trente-deux hommes, obéis-
saient à un amiral, à neuf commandants, à vingt-
deux capitaines et à cent deux lieutenants.

Depuis que l'annexion des duchés a réduit d'un

tiers le territoire du Danemark, la politique de cet État doit être celle de la neutralité, son attitude celle de la défensive. Dans ce but, un projet de réorganisation a été présenté, en 1882, à l'examen du Landsthing, et, comme tout porte à croire que ce projet obtiendra à bref délai l'assentiment du Rigsdag, en voici l'économie d'après le lieutenant-colonel Hennebert :

« Au nord de Copenhague, — à la hauteur du point où le Sund ne mesure que 4 kilomètres de large, — s'élève, en avant d'Helsingor, la forteresse de Kronborg. Cet ouvrage ne défendait autrefois le passage du Sund que d'une manière très imparfaite : à l'époque où la portée des bouches à feu était peu considérable, la flotte anglaise pouvait franchir cet étranglement, forcer l'entrée du Sund, et cela sans coup férir ni recevoir (expéditions de 1801 et de 1807) ; aussi, doit-on l'appuyer de batteries de côtes armées de pièces de gros calibre, lesquelles sont, comme on sait, dotées d'une portée bien supérieure à la faible largeur du détroit.

« Pour protéger les communications de Sjalland

avec Fyen, on se propose de relever les remparts
de Korsor et de Nyborg, qui se font vis-à-vis de
part et d'autre du Grand-Belt ; de fortifier l'ilot de
Sprojot ; d'organiser, au nord, le fjord de Kalund-
borg ; au sud, le Sund d'Agersö. De cette façon, le
Belt sera coupé en son milieu, et il offrira, par chacune de ses extrémités, un point d'appui aux flottes
nationales. La flotte allemande de Kiel aura, dès
lors, devant elle, un obstacle sérieux, dont le fran-
chissement lui coûterait cher.

« Pour défendre Fyen et se ménager un débouché
sur le continent, on a dessein de relever Frédéricia ; de restituer aux fortifications de cette place, —
en partie rasée par les Autrichiens (1864), — une
valeur en harmonie avec l'importance du site qu'elle
occupe. Le littoral du Petit-Belt se hérissera de
batteries de côtes ; enfin, à l'intérieur de l'ile, on
organisera quelque grande position, capable de protéger une retraite provisoire et de permettre aux
défenseurs de reprendre ultérieurement l'offensive.

« La frontière actuelle du Jylland ne comporte aucune ligne d'obstacles naturels. Elle ne suit la

Kouge-Aa que sur une longueur de 25 kilomètres, et ce cours d'eau n'est nulle part difficile à franchir. L'armée nationale qui aurait à opérer une retraite dans le nord du Jylland trouverait diverses positions faciles à défendre de front, mais également faciles à tourner. On se propose de fortifier, à l'est d'Aarhus, la presqu'île d'Helgenœs, laquelle est reliée au continent par un défilé tellement étranglé, qu'une compagnie d'infanterie pourrait y tenir contre une armée entière Cette presqu'île, où le général Rye a trouvé refuge en 1849, deviendra, moyennant la construction des ouvrages projetés, un excellent réduit général. A l'extrémité nord de la Chersonèse Cimbrique, l'île de Vendsyssel, séparée du continent par le Lim-fjord, forme un dernier réduit « en cas de malheur », comme disent les Danois. On y trouve Frederikshavn, port que protègent le fort de l'île Deget et la citadelle de Fladstrand. Ces deux ouvrages, actuellement en mauvais état, doivent être réorganisés.

« Quant à la côte occidentale du Jylland, elle peut être dite invulnérable, défendue qu'elle est par les fureurs à peu près constantes de la mer du Nord. A cheval sur le bras de mer interjeté entre les îles de Sjalland et d'Amager, Copenhague (Kjobenhavn) occupe une situation merveilleuse, à l'intersection de deux grandes voies du commerce européen. Nœud naturel des communications de terre et d'eau, elle est dite la « Byzance du Nord » ; c'est à la fois le centre et le réduit de la puissance danoise. Arsenal maritime et port militaire de premier ordre, Copenhague n'est plus fortifiée en terre ferme de Sjalland. Sur la mer, l'entrée du port est défendue par la citadelle de Frederikshavn et deux batteries de gros calibre. En Amager, le grand faubourg de Christianshavn est muni d'une double enceinte bastionnée. Assis sur des îlots artificiels établis en pleine mer, s'élèvent le fort de Tre Kroner, la batterie de Lynetten et le fort de Provestenen. Ces défenses étant jugées insuffisantes, on doit jeter de nouveaux ouvrages en avant sur le haut fond de Stubben et à la pointe de Middelgrunden.

« Pour défendre l'archipel Cimbrique, pour faire avorter toute tentative de débarquement sur les côtes, notamment sur celles du Sjalland, la flotte nationale doit, pour ainsi dire, être tenue constamment sous vapeur. Cette flotte ne compte actuellement que deux frégates et cinq batteries flottantes cuirassées ; trois frégates, trois corvettes, six avisos, douze chaloupes canonnières, trois vapeurs à aubes et huit torpilleurs. Elle a donc besoin de s'accroître dans des proportions assez larges. Il faut aussi que le Danemark songe à l'organisation sérieuse de ses défenses sous-aquatiques. Chaque passe maritime, chaque sund, chaque fjord doit avoir son réseau de torpilles. La précaution est bonne à prendre. Les Allemands n'ont pas oublié que, lorsqu'ils tentaient d'opérer leur débarquement dans l'île d'Alsen, plusieurs de leurs embarcations ont été frappées par des appareils torpédiques, projetées en l'air et brisées en mille pièces[1]. »

La réorganisation projetée est indispensable. Le Sund n'appartient au Danemark que par une de ses rives ; la Prusse est maîtresse du Petit-Belt, à son

[1] *L'Europe sous les armes*, par le lieutenant-colonel HENNEBERT (Jouv't. 1884).

entrée méridionale ; le Grand-Belt, enfin, peut être tourné par les armées belligérantes. Le Danemark n'est donc plus le gardien des portes de la Baltique, depuis que la Prusse l'a odieusement démembré, sans que Napoléon III fît quoi que ce fût pour entraver les projets du cabinet de Berlin.

CHAPITRE IX

LES POSSESSIONS DANOISES

Les Fa-roër. — Torshaven. — L'Islande. — Geysers et volcans. — Histoire sommaire de cette île. — Découverte de l'Amérique septentrionale par les Islandais. — Reykjavik. — La Groënland. — Glaciers et icebergs. — Le parlement groënlandais. — Les Antilles danoises.

Le Danemark possède en Europe les îles Fa-roër ; en Amérique, l'Islande, le Groënland et trois Antilles. L'Islande est bien, au point de vue géographique, une terre américaine, et, si on la rattache ordinairement à l'Europe, c'est qu'elle fut civilisée par des Norvégiens.

Les îles Fa-roër, situées dans la mer du Nord, sont au nombre de vingt-cinq, dont dix-sept seulement sont habitées, et dont les deux principales sont

Stromö et Syderö. Le ciel des Fa-roër est gris,
sombre, mais le climat n'en est pas rigoureux. Les
habitants tirent de la pêche et de la laine de leurs
nombreux moutons les ressources nécessaires à leur
subsistance.

Torshaven, la capitale, s'élève au fond d'une baie
en fer à cheval. Lorsqu'on y arrive par mer, on aperçoit à droite des falaises percées à jour par les
vagues, et, sur un tertre, le pavillon danois hissé
au haut d'un mât. A gauche, se dressent les bâtiments de la mission catholique, et au fond, trois
cents chaumières, sur lesquelles planent des milliers
d'oiseaux. Du haut de la montagne qui domine la
ville, on voit des espaces considérables couverts de
morues qu'on a mises là pour les faire sécher. L'orge
mûrit une fois sur trois dans les îles de l'archipel.

Les habitants des Fa-roër sont de taille moyenne;
leur nez est court, leurs sourcils châtains, leur teint
hâlé ; leur barbe, qu'ils portent en collier, se termine sous le menton en pointe de patin. Ils sont
vêtus d'une casaque courte à collet droit, d'un gi-
let montant, d'une culotte se boutonnant au-dessus

du genou, d'un bonnet en cotonnade brune à raies rouges. Leur chaussure est formée d'une peau cousue sur le pied et derrière le talon ; elle est retenue par des lanières. Les femmes laissent leurs cheveux flotter au gré du vent. Elles portent un pantalon de tricot, une jupe de laine, une large ceinture, un corsage sans manches, un fichu de couleur voyante, qui se croise devant la poitrine.

Les Fa-roër sont bordées de falaises abruptes de plus de 4 à 500 mètres, que découpent des baies profondes. La terre arable y est rare, le sol rude et sans arbres, bien qu'elles contiennent de bons pâturages où paissent les troupeaux qui ont donné leur nom à l'archipel : Fa-roër veut dire *îles des brebis*. On y cultive l'orge, les pommes de terre, les navets ; mais les habitants s'occupent surtout de la chasse des oiseaux de mer et de la pêche des dauphins, dont ils recueillent l'huile. Ils sont au nombre de 11,000, et la superficie totale de l'archipel est de 1,332 kilomètres carrés [1].

---

[1] V. pour les Fa-roër le *Voyage dans l'intérieur de l'Islande*, par M. Noël NOUGARET (1866), dans le *Tour du monde*.

L'Islande ou Iceland (terre de glace) est plus rap-
prochée du Groënland que de l'Écosse. Elle est située entre 63°25′ et 66°32′ lat. Nord. Sa superficie
est de 102,500 kilomètres carrés, et sa population
se compose de soixante-douze mille habitants. Son
origine est toute volcanique. Ses côtes sont escar-
pées, dentelées de fjords nombreux, qui rappellent
ceux du littoral norvégien et auxquels aboutissent
des vallées assez riches en pâturages. Ces pâturages sont étendus, puisqu'ils nourrissent quarante
mille bêtes à cornes, soixante-dix mille moutons,
soixante mille chevaux. Les plus connues de ces
baies sont le Bograr, le Faxa, le Breidi, l'Arnar,
l'Isa, le Hima, le Skaga, l'Eyja, l'Axar, le Thistil,
le Vopna, le Seydis, le Revdar ; en général, elles
sont parsemées d'îlots basaltiques qui servent de re-
paire aux eiders, aux aigles et aux faucons ; chacune
d'elles possède un petit chef-lieu, où les steamers
font escale cinq ou six fois par année, et où résident
des marchands qui troquent contre les marchandi-
ses du Danemark les produits de l'Islande: minéraux
divers, poissons séchés, fourrures d'ours et de re-

LE GRAND GEYSER.

nards. plumes d'aigles ou de cygnes, édredons, peaux
de phoques, huile de baleine ou de foie de requin.

Rien de plus triste que l'intérieur de l'Islande.
Pas un arbrisseau, pas un coin de verdure ; partout des laves refroidies et des cimes volcaniques.
Le sifflement du vent et les cris de l'oiseau de proie
viennent seuls rompre par instants le silence de
ces solitudes désolées, glaciales, accidentées de
monticules aux flancs desquels pendent quelques
huttes misérables. Les rivières sont, pour la plupart, gênées dans leur cours, torrentueuses, rapides,
difficiles à franchir, excepté pour les rennes. Au nord
du lac Myvatn il existe un grand nombre de cratères
réduits depuis longtemps à des dégagements de gaz
sulfureux, qui s'échappent des fissures du sol. Les sul-
fatares islandaises sont si abondantes que l'île pourrait à elle seule fournir de soufre le monde entier [1].

L'Islande est un centre continu d'action volcanique dont l'île tout entière est le résultat et dont

---

[1] BEUDANT, *Minéralogie*, p. 75. (Garnier, frères.)
Le soufre d'Islande est en grains peu adhérents entre eux et qu'on
peut exploiter à la pelle comme du sable.

l'Hékla est la principale bouche. Les volcans, en faisant fondre d'énormes amas de neige, produisent parfois de terribles inondations. L'Hékla, haut de 1,635 mètres, est moins élevé que l'Oracfa, que le Smaefell, que l'Eyafjalla et que le Herdubreid.

L'Islande est surtout connue par ses geysers, sources jaillissantes d'eau en ébullition, les unes constantes, les autres intermittentes. Les geysers les plus remarquables sont le Grand-Geyser, le Petit-Geyser et le geyser de Strokkr. Le tube de ce dernier mesure trois mètres de diamètre, ses parois sont verticales, sa profondeur est de treize mètres, et ses eaux bouillonnent avec un grand fracas. Lorsque l'on jette dans la source quelques mottes de gazon, le Strokkr cesse brusquement son agitation, mais au bout d'une demi-heure, il écume, il déborde, il vomit en sifflant la terre qu'on y avait précipitée. Le voyageur peut donc provoquer une éruption artificielle de ce singulier cratère.

M. Jules Leclercq a tout récemment visité l'Islande. Plutôt que de résumer sa relation, nous citerons ici textuellement les principaux passages de sa description des geysers, description faite avec un soin minutieux :

« Je ne saurais exprimer la joie qu'éprouve le voyageur fatigué quand, après une grande journée de marche, il aperçoit des centaines de nuages qui jaillissent à l'horizon du sein de la terre, et s'élèvent majestueusement vers le ciel ; ces nuages, qui de loin ressemblent à une armée de grands fantômes, lui annoncent qu'il approche de la célèbre vallée des Geysers, terme de sa longue étape. On les aperçoit à une lieue de distance, et telle est l'intensité des blanches vapeurs fusant comme des gerbes aqueuses, qu'on s'imagine voir les geysers en pleine éruption... Courons au Grand-Geyser. On le reconnaît facilement de loin, grâce à l'abondance des vapeurs blanches qui s'échappent de son vaste cratère, situé au sommet d'une éminence de forme à peu près circulaire, dominant de 4 mètres le niveau général de la plaine. Cette éminence a été créée par le geyser même, qui dépose journellement sur ses bords les substances que ses eaux tiennent en dissolution ; elle est formée de tufs siliceux disposés en plaques minces ; près du bassin, ces plaques sont si dures, qu'on peut à peine les briser à coups de marteau, tandis qu'au pied du cône elles s'émiettent et craquent sous les pieds, et on les détache aisément. Dans tous les creux séjournent des mares d'eau tiède déposées par la dernière éruption. Une infinité de petits canaux sillonnent la roche, et par ces canaux se déverse le trop-plein du réservoir... Des pétrifications siliceuses de toute beauté font au bassin une ravissante ceinture ; Henderson a prosaïquement comparé ces merveilleuses efflorescences, connues sous le nom de geysérites, à de vulgaires choux-fleurs ; j'aime mieux les comparer aux fines dentelures dont les Arabes ont recouvert les murs de l'Alhambra. Elles sont d'une structure si délicate, qu'il est difficile d'en emporter des spécimens. Le bassin a la forme d'une gigantesque soucoupe de quinze à dix-sept mètres de diamètre. Ses parois intérieures sont polies par les eaux. Le conduit central a 3 mètres de diamètre à son orifice ; on a pu le sonder jusqu'à 24 mètres de profondeur ; il est probable qu'en cet endroit il fait un

coude qui empêche la sonde de pénétrer plus avant.
On ne peut se défendre d'un sentiment de crainte
en songeant que la température de l'eau, dans ce
puits, dépasse de beaucoup le point d'ébullition,
comme l'ont montré les observations [1].

« On rencontre des geysers [2] dans maintes parties de l'île, dans les vallées, sur les montagnes, et
même au sein des neiges perpétuelles ; mais la plupart se trouvent dans des régions où l'action des
feux souterrains semble en voie d'extinction : ils
sont la dernière manifestation de l'énergie volcanique à la veille d'expirer. Les plus beaux sont ceux
de la vallée de Haukadalr ; nulle part on ne les
trouve aussi nombreux : en 1881, on en comptait environ cent trente en activité. Leur nombre varie, car
tandis que les uns s'éteignent, il en naît de nouveaux.
L'aspect des lieux se modifie sans cesse. Les geysers
n'ont pas tous la même énergie ; leur puissance

---

[1] Lorsqu'une éruption va se produire, on entend des bruits souterrains et des sourdes détonations ; le sol tremble ; l'eau s'agite violemment et déborde avec une abondante émission de vapeurs.

[2] Geyser (en anglais *gusher*) est un vieux mot islandais qui signifie jaillir.

dépend de leur âge. Burton divise leur vie en sept périodes. Dans la période de l'enfance, le geyser dort encore dans le sein maternel de la terre, et du sol boueux et chaud s'échappent de légères vapeurs ; bientôt l'enfant commence à respirer fortement, et il lui arrive parfois de vomir dans le giron de sa nourrice ; puis, voici qu'il bout, impatient de montrer ce qu'il sait faire ; vient ensuite la période de la jeunesse, pendant laquelle il déborde. Le Grand-Geyser offre le type du geyser arrivé à l'âge mûr. dans toute la plénitude de ses forces.

« Lorsqu'on explore cette vallée des Geysers, deux phénomènes curieux s'offrent immédiatement à l'attention : la différence de niveau des sources chaudes, et l'aspect différent des subtances qu'elles déposent. Le dernier phénomène est d'autant plus remarquable, que les sources sont très rapprochées les unes des autres ; les eaux traversent sans doute des couches de diverses substances et laissent un dépôt qui varie suivant la nature des roches qu'elles dissolvent, grâce à leur énorme température. Malgré leur différence de niveau, les geysers semblent

ne pas être indépendants les uns des autres, car
lorsque l'un d'eux montre des signes d'agitation,
les autres émettent une plus grande abondance de
vapeurs, ce qui prouve qu'il existe entre eux une
certaine sympathie. On trouve des sources aussi
bien sur les pentes de la colline située à l'ouest du
Grand-Geyser que dans le fond de la vallée.

« Toutes ces sources travaillent à leur propre
anéantissement, car à la longue les dépôts qu'elles
accumulent à leur orifice doivent finir par les étouf-
fer. Le Petit-Geyser, où nous cuisons nos aliments,
s'engorge rapidement par suite des dépôts de fiorite
qui s'attachent aux parois supérieures, à l'endroit
où l'eau se refroidit au contact de l'air. C'est un
des plus beaux bassins qui soient au monde ; il
semble avoir été taillé dans le lapis-lazuli, et l'on
peut regretter qu'il soit appelé à disparaître. De
tous les geysers d'Islande, nul n'a plus excité l'admiration des voyageurs. Il se compose en réalité de
deux chaudières qui s'ouvrent au niveau du sol, et
dont la plus grande mesure 12 mètres de circonfé-
rence ; bien qu'elles communiquent sous terre, elles

sont séparées par une mince cloison, qui n'a guère plus de 30 centimètres d'épaisseur. Les eaux qui bouillent dans ces chaudières sont d'une limpidité merveilleuse ; telle est leur pureté, qu'elles semblent plus transparentes encore que l'air ambiant, elles invitent le regard à scruter leurs mystérieuses profondeurs, et qui sait jusqu'à où l'œil pourrait les sonder s'il pouvait dissiper les ténèbres des abîmes souterrains ! On ne saurait rien imaginer de plus magique que la coloration de ces eaux ; l'azur du ciel s y mêle au vert de l'émeraude, et le langage de la poésie pourrait seul exprimer tout ce qu'il y a de fascinateur dans leurs chatoiements. Le Petit-Geyser avait autrefois de fréquentes éruptions, mais il a cessé de jaillir depuis un violent tremblement de terre qui bouleversa la vallée en 1789 : la commotion disloqua probablement le conduit souterrain, en même temps qu'elle ouvrit à quelques pas de là un nouveau geyser connu sous le nom de Stokkr [1]. »

L'Islande n'était pas encore émergée du sein de la mer au temps de Strabon et les géologues pen-

---

[1] *La Terre de glace*, par Jules LECLERCQ, p. 145-155. (Plon.)

sent que sa formation est contemporaine de la célèbre éruption du Vésuve : elle n'est donc pas, comme
on l'a cru longtemps, l'*ultima Thule* des classi-
ques. C'est en 861 qu'un pirate norvégien du nom
de Naddadr fut jeté par une tempête sur la côte
orientale, dont il fut chassé par des tourbillons de
neige extrêmement violents. Il donna à cette terre
inhospitalière le nom de *Snæland* (terre de neige).
Trois ans après, le Danois Gardar, issu d'une
famille suédoise, fut à son tour détourné de sa
route par une bourrasque ; il aborda dans le fjord
de Skjal, sur la côte septentrionale de l'Islande, construisit une cabane et passa l'hiver dans le lieu appelé encore Husavik. L'été venu, il fit le tour de l'île,
à laquelle il donna le nom de Gardarsholm. La même
année, le pirate norvégien Floki, encouragé par
l'exemple du marin danois, accomplit la même expédition que lui ; il le regretta, et, en s'éloignant, il
baptisa par dépit la froide Islande du nom de *Terre
de glace*, qui lui est resté.

Cette contrée peu séduisante était cependant ha-
bitée par des hommes que l'on suppose être des

anachorètes irlandais. Venus là pour prier et jeû-
ner loin du monde, ils.partirent pour ne pas rester
mêler aux païens qui arrivèrent bientôt en foule
sous la conduite du gentilhomme Ingolfr en 874.
La belle Ragna Andilsdattr avait promis sa main a
Harald aux Beaux Cheveux s'il parvenait à régner
sur toute la Norvège, et l'amoureux Harald avait
juré de ne couper et de ne peigner sa luxuriante
chevelure que le jour où il pourrait se présenter
devant Ragna avec la certitude d'être agréé. Il mit
douze ans à conquérir le pays. Devenu maître absolu des personnes et de leurs biens, il agit envers
tous avec une telle tyrannie que les fiers Scandinaves résolurent de s'exiler. Ils s'embarquèrent près
de Trondhjem sous la conduite d'Ingolfr, et fondèrent
au sud-ouest de l'Islande la ville de Reykjavik. Les
immigrants appartenaient pour la plupart aux familles les plus distinguées et les plus éclairées ; ils
achevèrent donc en peu de temps la colonisation de
l'île et se partagèrent en un certain nombre de petites républiques indépendantes, qui, ne pouvant
s'entendre entre elles, adoptèrent un code de loi

·rédigé par un homme du nom d'Ulfljot. Une assemblée régulière, l'Althing, qui siégea pour la première
fois en 928, les représenta désormais et fut prési-
dée par le *logsogumadr*, premier magistrat de la république islandaise. Au désordre et à l'anarchie succéda une sage organisation, grâce à laquelle le pays
traversa une longue période de prospérité. Des dis-
sensions intestines amenèrent la ruine du petit État;
car la Norvège profita des troubles pour s'annexer
l'Islande (1264), que l'Union de Kalmar rendit danoise en 1397. Depuis la perte de son indépendance,
l'île de Gardar n'a pas d'histoire, d'où il ne faut pas
conclure qu'elle ait joui continuellement d'une félicité
sans bornes : la peste, les éruptions volcaniques,
les tremblements de terre n'ont cessé de la désoler.
Elle a eu du moins la joie en 1874 de recevoir du roi
Christian IX une constitution lui assurant le *selfgo-
vernment :* le pourvoi exécutif est exercé par le monarque, mais le pouvoir législatif appartient à l'Althing
et n'est pas confondu avec le pouvoir judiciaire. Un
« ministre pour l'Islande » gouverne au nom du roi
et donne ses ordres à un gouverneur. L'Althing com-

prend deux Chambres : la Chambre haute, formée
de douze membres dont six nommés par le cabinet
de Copenhague, et la Chambre basse, composée de
vingt-quatre membres élus au suffrage universel.

Les Islandais du moyen âge ont eu la gloire de
découvrir l'Amérique cinq siècles avant Christophe
Colomb. La situation de l'île et les rapports que la
jeune république entretint avec les étrangers, de-
vait nécessairement la conduire à perfectionner l'art
de la navigation et lui inspirer le désir d'entreprendre
des voyages de découverte dans la direction du
nord. Déjà, en 877, le navigateur islandais Gunn-
bjorn avait aperçu le littoral montagneux du Groënland. Un siècle plus tard, cette immense contrée
polaire fut visitée par Erik le Roux, qui y établit
sur la côte sud-ouest une première colonie (986) ;
les golfes principaux reçurent les noms des chefs
de l'expédition. Le fils d'un de ces derniers, Bjarn
Herjulfsson, fit voile de l'Islande la même année pour
se rendre au Groënland ; mais, chemin faisant, il fut
entraîné par les vents vers le sud et arriva très probablement en vue de Terre-Neuve et de la Nouvelle-

Écosse. En l'an 1000, Lejf l'Heureux, fils d'Erik le Roux, entreprit un voyage dans le but de retrouver les pays aperçus par Bjarn; il y réussit et donna à Terre-Neuve le nom d'*Helluland* (terre des pierres plates), à la Nouvelle-Écosse celui de *Markland*, à la Nouvelle-Angleterre la dénomination de *Vinland* (terre des vignes). Son frère, Thorvald, fut tué par les naturels dans le pays qui correspond au Massachusetts.

Cependant, le plus célèbre des premiers explorateurs de l'Amérique est un certain Thorfinn Karlsefne, qui, ayant épousé la Groënlandaise Gudrid, résolut de faire avec elle une excursion dans le Vinland. A cet effet, il s'embarqua avec cent cinquante-huit compagnons, passa trois ans dans le pays des vignes, trafiqua avec les tribus sauvages et descendit jusqu'à la baie de Chesapeake. Jusqu'au XIV⁰ siècle, les Scandinaves eurent des établissements sur la côte orientale de l'Amérique du Nord : après cette époque, ils se mêlèrent aux Indiens ou furent peut-être détruits par eux.

Les notions données par les Sagas, sur le climat, sur les productions et sur la géographie physique

des régions colonisées par les Islandais sont en parfaite concordance avec les descriptions modernes.
Il est donc bien certain que le Nouveau-Monde avait
été déjà découvert par des Européens lorsque
Christophe Colomb aborda aux îles Lucayes. Du reste,
le célèbre navigateur génois connaissait l'existence
du Vinland et n'entreprit sa première expédition
maritime qu'après avoir acquis par de sérieuses études la conviction qu'il ne naviguerait pas en vain [1].

La capitale de l'Islande est Reykjavik, petit village
formé de baraques en bois, au fond d'une baie ex-
posée à tous les vents. Deux rues le sillonnent :
l'une, la rue du Port, contient les boutiques, le club
et le seul hôtel de l'endroit ; l'autre, la rue Haute,
conduit à l'hôpital. Les maisons, dont les fenêtres
sont très petites, sont isolées les unes des autres
par des jardinets, où l'on cultive quelques légumes.
C'est à l'intersection des deux rues que se trouve la
place publique, ornée de la statue de Thorvaldsen

---

[1] On pourra consulter sur l'Amérique antécolombienne l'ouvrage
suivant publié en 1877 par Charles-Christian Rafn : *Antiquitates
Americanæ, sive scriptores septentrionales rerum antecolumbiana-
rium in America.* (Copenhague, 183?, in-4.)

et où les voyageurs dressent leur tente. L'église s'élève en face de cette statue, objet d'admiration pour les deux mille habitants de Reykjavik. Le costume des habitants, du moins celui des hommes, ressemble à tous les costumes, si ce n'est que la coupe fait peu d'honneur au couturier du pays. Seules, les femmes ont conservé en partie le costume national : elles ont pour coiffure la *hufa*, petite cape de laine noire, ronde, plate, et laissant flotter par derrière un gland de soie noire resserré dans un petit cylindre d'argent ; leur corsage s'ouvre au milieu de la poitrine et laisse voir la chemise, et leur jupe en laine noire affecte une forme extrêmement simple. Les jours de cérémonie elles remplacent la hufa par le *faldr*, sorte de casque haut de forme, qui se termine par un long voile de mousseline blanche.

Les habitations sont en général malpropres. La pièce principale de chaque logis est meublée d'un canapé, d'un lit et d'une vieille table, sur laquelle on mange de la morue salée, du beurre et du fromage rances, du pain de seigle, du mouton fumé : horribles aliments dont un café réellement exquis fait à peine disparaître le mauvais goût. Les murs sont faits de couches alternées de tourbe et de blocs de lave ; les toitures sont couvertes de gazon ; les différentes pièces communiquent entre elles par d'obscurs corridors. La meilleure chambre est celle qu'on réserve aux hôtes de passage ; elle est planchéiée, ses parois sont revêtues de bois et elle renferme, avec un lit, une demi-douzaine de vieux bahuts, une table et une commode.

Le Groënland (Grœn-land, terre verte) est situé au nord-est de l'Amérique. Quelques géographes considèrent cet immense territoire comme la partie principale d'un continent situé dans les régions polaires ; mais il est à peu près établi que ce pays est une grande île entourée par la mer Polaire, la mer de Baffin et l'océan Atlantique. Le sol du Groënland est informe, rocailleux, plein de rochers neigeux et de glaces ; ses côtes, peu connues à mesure qu'on s'avance vers le pôle, sont assiégées par les icebergs et dentelées de fjords, que barrent parfois des îlots inhabités ; sa superficie est d'au moins 2 millions de kilomètres carrés, de sorte qu'en évaluant

à 150 et quelques mètres la profondeur de la glace
qui le recouvre, on obtient pour le volume total de
cette eau congelée le chiffre étonnant de 300 tril-
lions de mètres cubes. La température étant partout
trop basse pour permettre une liquéfaction considérable, des blocs se détachent des glaciers et
viennent flotter sur la mer. Les côtes orientales,
bordées de montagnes élevées, sont presque inabor-
dables; les côtes occidentales renferment quelques
comptoirs et quelques missions protestantes à Julia-
neshaab, Godthaab, Nye-Herrnhut, Godhaven et Uper-
navik, d'où partent les baleiniers et les navigateurs qui
s'aventurent dans les détroits de l'archipel polaire.
Ce n'est donc pas sans raison que Davis avait donné
au Groënland le nom de Terre-de-Désolation.

Au point de vue administratif, le pays est divisé
en douze districts : les six districts septentrionaux
forment l'inspection du Nord, chef-lieu Godhaven ;
les six districts méridionaux, celle du Sud, chef-lieu
Godthaab. L'autorité de l'inspecteur est absolue dans
sa juridiction, et l'on ne peut appeler de ses décrets
qu'au gouvernement de la métropole. La popula-

tion s'élève à environ sept millions d'âmes ; ses
intérêts sont défendus par un parlement composé
de treize membres, y compris le président. Les dé-
putés se réunissent dans une pièce longue de vingt
pieds, large de seize, et construite en planches.
Ils sont vêtus de pantalons de peau de phoque et
de blouses de grosse laine sur lesquelles se croisent
de larges bretelles, coiffés de toques rouges où sont
brodées les armes danoises ainsi que l'emblème du
Groënland : un ours polaire doré, couronne en tête
et piteusement campé sur ses pattes de derrière.
Lorsqu'ils délibèrent, ils prennent place autour d'une
table en bois de pin, flanquée de deux bancs.

La population soumise au Danemark se compose
d'Eskimaux, à demi civilisés, de taille peu élevée,
d'un caractère doux et insouciant. Les Eskimaux
vivent de chasse et de pêche : ils sont disséminés, et
l'on en trouve bien au delà du 74° de latitude nord.

Les Antilles danoises sont au nombre de trois :
Sainte-Croix, Saint-Thomas et Saint-Jean. Sainte-
Croix, où l'on trouve les villes de Christianstad et de
Frédérikstad, est située au sud des îles Vierges ; elle

est fertile en sucre et en café, et elle nourrit beaucoup de bétail ; sa superficie est de 218 kilomètres carrés. Saint-Jean jouit d'un bon climat et d'un sol très fertile. Enfin Saint-Thomas, qui a pour capitale la ville du même nom, possède un excellent port, d'où partent des paquebots pour Southampton ; elle a été récemment vendue, ainsi que Saint-Jean, aux États-Unis, mais le Sénat américain n'a pas encore approuvé l'acte de cession. La population totale des Antilles danoises s'élève à quarante mille habitants.

Chapitre X.

LA LITTÉRATURE DANOISE-NORVÉGIENNE

Les langues scandinaves. — Les Eddas et les Sagas. — Les
Scaldes. — Les Kœmpe Viser. — Holberg. — Réveil du sentiment national. — Œhlenschlæger. — Ingemann. — Andersen. — Bjœrnstjern Bjœrnson.

Les langues scandinaves appartiennent à la bran-
che germanique de la famille indo-européenne, et
comprennent les idiomes parlés jadis dans le nord
par les peuples de race gothique pure, que l'on con-
sidère comme les plus anciens habitants connus de
la Scandinavie. Elles dérivent du northmannique,
langue unique parlée d'abord par les habitants du
Danemark, de la Suède et de la Norvège. Le northmannique se subdivise en deux branches : le

norvégien ancien ou norrois et le vieux danois, qui a
donné naissance au danois moderne et au suédois.

La langue danoise s'est constituée en langue dis-
tincte vers le XIIIe siècle, mais elle n'est devenue
littéraire qu'à l'époque de la Réformation. Le plus
original et le plus riche en vieux mots des dialectes
danois est celui du Jylland sptentrional; cependant
le dialecte de Sjalland a prévalu, grâce à l'influence de
Copenhague, et s'est peu à peu confondu avec le
danois lui-même. Ce dernier, suivant les époques,
s'est enrichi de termes empruntés à diverses langues,
surtout au bas et au haut allemand. Quant au suédois, il n'a commencé à se fixer qu'au XVe siècle ; il
a subi également l'influence allemande et il a em-
prunté au finnois des expressions familières. Les trois
accents qu'il possède donnent aux inflexions de la
voix quelque chose de mélodique, et l'ancien trésor des mots qu'il a conservés le rend plus original
que le danois. La parenté du danois et du suédois
ressort clairement de l'étude des dialectes parlés en
Suède et en Danemark : le skanien, par exemple, sert
d'intermédiaire aux deux langues.

Le norrois a fourni au norvégien moderne ses racines et la plus grande partie de son vocabulaire. Il s'est perpétué sans changements dans l'Islande, cette terre de glace perdue au milieu de l'Océan. C'est là qu'en 1643, l'évêque Sveinnsson retrouva le plus ancien monument des littératures scandinaves, nous voulons parler des Eddas, dont la réunion en un seul corps d'ouvrage est attribué au prêtre catholique Sœmund Sigfusson (le savant), qui vivait au xie siècle. *Edda* veut dire *aïeule*, et ce n'est ni sans grâce ni sans raison que les peuples germaniques du nord ont désigné sous ce vocable le recueil vénéré de leurs traditions et de leurs légendes.

L'Edda de Sœmund se compose de trente-sept pièces rimées par allitération et entrecoupées de commentaires en prose, dus évidemment au compilateur. Suivant la critique allemande, les plus anciennes de ces pièces remontent au viiie siècle : elles nous ont été conservées par les scaldes, qui jouent dans la poésie scandinave le rôle des rapsodes dans la poésie homérique, ou encore celui des bardes dans la poésie des celtes. Attachés au service des

rois, les scaldes les accompagnaient sur le champ
de bataille, s'asseyaient à leurs côtés dans les fes-
tins, et chantaient les mystères de la religion, les
aventures des dieux, les exploits des héros. Ils ne
formaient pas une caste, comme les druides; ils se
recrutaient indifféremment dans toutes les classes,
et le clergé catholique trouva en eux ses plus redou-
tables adversaires. Il existe un assez grand nombre
de poésies scaldiques : il y en aurait bien plus encore
si le pape Sylvestre II n'en avait ordonné la des-
truction. La plupart de ces chants nous ont été conservés par la tradition orale : quelques-uns ont été
gravés en caractères runographiques [1].

Les poésies dont se compose l'Edda de Sœmund
ont un caractère âpre et sauvage. Les métaphores
s'y pressent hardies, saisissantes : on y exalte la
valeur morale et l'héroïsme guerrier ; on y trouve
enfin l'exposé de la cosmogonie scandinave et les

---

[1] L'alphabet runique, d'un usage général en Scandinavie avant
l'introduction du christianisme, se composait primitivement de seize
caractères auxquels Waldemar II ajouta sept lettres ponctuées. Les
runes étaient gravées sur toutes sortes d'objets et la loi de Skanie
(xiii⁰ siècle) est tout entière tracée en cette écriture.

matériaux de la grande épopée germanique des *Ni-belungen*. Outre ces poèmes, il existe une autre Edda, l'Edda en prose, attribuée à Snorri Sturlosson (1178-1241). C'est une compilation intéressante, mais indigeste, où les traditions juives, chrétiennes, grecques et romaines se mêlent parfois aux légendes islandaises. Le tout se termine par une sorte d'art poétique à l'usage des jeunes scaldes.

« A côté de la poésie qui chante, dit M. Ampère, aux époques primordiales, ce que croient, ce que sentent les hommes, à côté de la poésie populaire qui est la poésie vraie des siècles qui ne sont plus, il y a le récit naïf et populaire. La poésie se chante, le récit se raconte ; mais à cela près, l'une et l'autre offrent le même caractère traditionnel. A tous les genres de la poésie primitive et de la poésie populaire correspond un genre de récit. Il est un pays, la Scandinavie, où la tradition s'est développée plus complètement qu'ailleurs, où ses produits ont été plus soigneusement recueillis et mieux conservés ; dans ce pays, ils ont reçu un nom particulier dont l'équivalent exact ne se trouve plus hors des langues germaniques : c'est le mot *Saga*, *Sage*, ce qu'on dit, ce qu'on raconte, la tradition orale... La *Saga* doit être comptée parmi les produits spontanés de l'imagination humaine. La *Saga* a son existence propre, comme la poésie, comme l'histoire, comme le roman. Elle n'est pas la poésie, parce qu'elle n'est pas chantée mais parlée ; elle n'est pas l'histoire, parce qu'elle est dénuée de critique ; elle n'est pas le roman, parce qu'elle est sincère, parce qu'elle a foi à ce qu'elle raconte ; elle n'invente point, mais elle répète ; elle peut se tromper, mais elle ne ment jamais [1]. »

Ni les Eddas, ni les Sagas n'ont le caractère spontané et naïf que l'on se plaît à reconnaître dans les chants populaires connus sous le nom de *Kœmpe-Viser* et qui remontent à l'époque où la Scandinavie avait une langue unique. Les chants guerriers et farouches des scaldes sont remplacés dans les *Kœmpe-Viser* par la peinture touchante des sentiments les plus doux. Qu'on en juge par ce *Chant*

---

[1] On divise les Sagas en Sagas légendaires et en Sagas historiques. Le style de ces récits en prose est simple, uniforme, mais énergique et abondant.

de guerre et d'amour, cité par M. X. MARMIER dans
son *Histoire des littératures scandinaves* :

« Nous avons vogué avec nos navires sur les
côtes de Sicile, et nous étions braves. Le navire allait
au gré de nos vœux ; nous marchions, comme j'espère que nous marcherons toujours : et cependant
la blonde fille de Russie me dédaigne !

« Près de Trondhjen il y eut un combat. Les
guerriers étaient nombreux ; la bataille fut sanglante.
Le roi tomba dans la mêlée ; jeune, j'échappai au
carnage : et cependant la blonde fille de Russie me
dédaigne !

« Nous étions seize assis sur les bancs du navire.
L'orage gronde ; les vagues engloutissent le bâtiment. Nous nous sauvâmes comme j'espère que nous
nous sauverons toujours : et cependant la blonde
fille de Russie me dédaigne !

« Je sais plusieurs choses : je sais me battre bra-
vement, guider mon cheval d'une main ferme ; je
sais nager et je sais courir sur des patins ; je sais
aussi ramer et lancer la flèche de l'arc : et cependant
la blonde fille de Russie me dédaigne !

« Veuves ou jeunes filles, pensez-y. Nous avons livré des batailles devant la ville de l'Est. Dure fut l'action de l'épée; nous en avons des traces : et cependant la blonde fille de Russie me dédaigne!

« Je suis né sur les côtes où l'on sait tendre l'arc ; j'ai souvent chassé sur les écueils les vaisseaux ennemis. Loin des habitations, j'ai parcouru la mer avec navires : et cependant la blonde fille de Russie me dédaigne! [1] »

Le danois, nous l'avons dit, ne prit guère son rang comme idiome littéraire que vers le milieu du XVIe siècle. Pendant la période chrétienne et celle de la Réformation, la littérature ne compta guère que des chroniqueurs, comme Saxo-Grammaticus, ou des poètes qui puisaient en Allemagne leurs prétendues inspirations. Il faut arriver à Holberg, surnommé le père de la littérature danoise pour trouver un auteur véritablement national.

Holberg naquit à Bergen (Norvège) en 1684. Fils d'un colonel ruiné, il eut à lutter longtemps contre

---

[1] V. plus haut, chapitre III, le *Chant de mort de Ragnar Lodbrog*, p. 41.

la mauvaise fortune avant d'obtenir, grâce à son instruction étendue et variée, une chaire d'éloquence à l'Université de Copenhague. Un poème héroï-comique, *Peder-Paars*, qu'il publia en 1720, et où il raille sans pitié les imitateurs d'Homère et de Virgile, lui donna tout d'un coup une célébrité qu'il avait en vain demandée à ses précédents travaux juridiques et historiques. Cinq satires, pleines de verve comique, suivirent de près *Peder Paars* et n'eurent pas moins de succès. C'est alors qu'il eut l'idée d'écrire pour la scène, idée qu'il mit à exécution au grand avantage de sa renommée et de sa fortune. Il est le Plaute, ou, si l'on veut, le Molière du Danemark. Ses comédies bourgeoises sont remarquables par leur originalité, par la manière adroite qu'il emploie pour châtier le ridicule et les travers de ses contemporains, par l'idée morale qui s'en dégage toujours. Le *Potier homme d'État*, le *Paysan métamorphosé en seigneur*, l'*Oisif affairé* et *Jean de France* sont les meilleures pièces d'Holberg, qui mit le comble à sa réputation en publiant le *Voyage de Niel Klim dans les régions souterraines*, sorte

de satire allégorique, où il s'attaque à tous les pré-
jugés de son époque.

Tout en reconnaissant l'immense mérite des
œuvres d'Holberg, les Danois ne cessaient point
cependant de recourir constamment à l'imitation
française et à l'imitation allemande. La nationali-
sation de la littérature se faisait lentement, bien
que Frédérik V eût fondé l'Académie de Trondhjem
et créé le premier théâtre de Copenhague. Les
poètes Wessel (1741-1782) et Young (1728-1785) se
déclarèrent enfin contre l'influence étrangère ; Evald
(1747-1781) donna à son pays sa première tragédie
nationale, *Rolf Krage;* Zeitlitz composa un recueil
de chansons ; Pram écrivit un poème épique en
quinze chants, *Stærkodder,* le premier qu'ait eu le
Danemark ; Rahbek (1760-1830), fonda et dirigea
pendant quinze ans le *Spectateur danois ;* enfin de
nombreux travaux d'érudition mirent en relief les
origines historiques. Il ne fallait plus qu'un homme
de génie pour faire triompher définitivement le sentiment patriotique, et c'est à Œhlenschlæger que
revient cette gloire. Baggesen, avec tout son talent,

VUE DES CÔTES D'ISLANDE.

ne parvint pas à enrayer un mouvement auquel tout le monde applaudissait.

Adam-Gottlob Œhlenschlæger, le plus grand et le plus fécond des poètes danois, naquit au château de Frederiksberg près de Copenhague, en 1779. A l'âge de dix ans, il composait déjà de petits drames, qu'il jouait avec sa sœur et un de ses camarades. En 1799, il débuta sur la scène dans le rôle de Hamlet; il n'y obtint qu'un médiocre succès; mais s'étant épris de la fille du conseiller Heger, qu'il épousa plus tard, il se mit à composer des élégies, ce qui le ramena vers les lettres. Il connut précisément à cette époque un vieux savant, qui l'initia à l'étude des antiquités scandinaves, et, dès lors, il se passionna pour la lecture des traditions nationales, qui devinrent le fond de son inspiration. « Il s'est exercé dans les genres les plus divers, drames, comédies, opéras, romans, chants lyriques, poèmes mystiques et presque toujours avec un succès complet. Imagination riche et féconde, il semblait que la source de son inspiration fût inépuisable; l'effort lui semble inconnu, sa facilité tient du prodige. Le

seul défaut de cette verve abondante, c'était l'excès;
il ne sut pas la restreindre, et dans ce style si charmant, si souple, si gracieux, il y a les négligences
de l'improvisation, comme nous en trouvons souvent
chez notre Lamartine, cet autre enfant gâté de la
muse. C'est surtout en mettant sur la scène les anciens héros scandinaves qu'il a conquis au théâtre
la première place. Ses recherches se portèrent sur
les mythes et les traditions primitives, contenus dans
les Eddas et les Sagas; il s'inspira de ces données
souvent obscures et vagues, les raviva, les rajeunit,
leur donna un corps et les fit mouvoir sur la scène
par la puissance créatrice de son génie [1]. »

Il a publié trois volumes de poésies lyriques,
dont la plus belle partie est celle qui renferme les
anciennes ballades. La ballade d'*Agnète*, que voici,
est le récit d'une tradition répandue dans tout le
Nord :

« Agnète est assise toute seule sur le bord de la
mer, et les vagues tombent mollement sur le rivage.

---

[1] Alfred BOUGEAULT, *Histoire des littératures étrangères*, t. I,
p. 425-428 (Plon).

« Tout à coup l'onde écume, se soulève et le *trolle* de mer apparaît.

« Il porte une cuirasse d'écaille qui reluit au soleil comme de l'argent.

« Il a pour lance une rame, et son bouclier est fait avec une écaille de tortue.

« Une coquille d'escargot lui sert de casque. Ses cheveux sont verts comme les roseaux, et sa voix ressemble au chant de la mouette.

« — Oh ! dis-moi, s'écrie la jeune fille, dis-moi, homme de mer, quand viendra le beau jeune homme qui doit me prendre pour fiancée.

« — Écoute, Agnète, répond le *trolle* de mer, c'est moi qu'il faut prendre pour ton fiancé, j'ai dans la mer un grand palais dont les murailles sont de cristal. A mon service, j'ai sept cents jeunes filles moitié femme, moitié poisson. Je te donnerai un traîneau en nacre de perles, et le phoque t'emportera avec la rapidité du renne sur l'espace des eaux. Dans ma retraite tapissée de verdure, de grandes fleurs s'élèvent au milieu de l'onde, comme celles de la terre sous le ciel bleu.

« — Si ce que tu dis est vrai, répond Agnète, si ce que tu dis est vrai, je te prends pour mon fiancé.

« Agnète s'élance dans les vagues ; l'homme de mer lui attache un lien de roseau au pied et l'emmène avec lui.

« Elle vécut huit années et enfanta sept fils.

« Un jour, elle était assise sous sa tente de verdure ; elle entend la vibration des cloches qui sonnent sur la terre.

« Elle s'approche de son mari, et lui dit : —Permets-moi d'aller à l'église, et de communier.

« — Oui, lui dit-il, Agnète, j'y consens. Dans vingt-quatre heures, tu peux partir.

« Agnète embrasse cordialement ses fils, et leur souhaite mille fois bonne nuit.

« Mais les aînés pleurent en la voyant partir, et les petits pleurent dans leur berceau.

« Agnète monte à la surface de l'onde. Depuis huit ans elle n'avait pas vu le soleil.

« Elle s'en va auprès de ses amies ; mais ses amies lui disent: —Vilain trolle, nous ne te reconnaissons plus.

« Elle entre dans l'église au moment où les cloches sonnent; mais toutes les images des saints se tournent contre la muraille.

« Le soir, quand l'obscurité enveloppe la terre elle retourne sur le rivage.

« Elle joint les mains, la malheureuse, et s'écrie : — Que Dieu ait pitié de moi et me rappelle bientôt à lui !

« Elle tombe sur le gazon, au milieu des tiges de violettes. Le pinson chante sur les rameaux verts, et dit : — Tu vas mourir, Agnète, je le sais.

« A l'heure où le soleil abandonne l'horizon, elle sent son cœur frémir, elle ferme sa paupière.

« Les vagues s'approchent en gémissant, et emportent son corps au fond de l'abîme.

« Elle resta trois jours au fond de la mer, puis elle reparut à la surface de l'eau.

« Un enfant qui gardait les chèvres trouva un matin le corps d'Agnète au bord de la grève.

« Elle fut enterrée dans le sable, derrière un roc couvert de mousse, qui la protège.

« Chaque matin et chaque soir, ce roc est humide,

Les enfants du pays disent que le trolle de mer y
vient pleurer[1]. »

Arpès OEhlenschlæger, Grundtvig, érudit et poète,
s'occupa de la mythologie du Nord, et Ingemann
mérita, par ses romans historiques, le titre de
Walter Scott danois. Enfin tous les lettrés con-
naissent Hans Andersen, né le 2 avril 1805 à Oden-
sée, mort à Copenhague en 1875, dont les poésies
sont empreintes d'une originalité incontestable. Ses
contes, davantage connus de nous, ont été traduits
en français.

Nos lecteurs nous sauront certainement gré de les
mettre à même d'apprécier la malicieuse bonhomie
apparente de ce charmant auteur, en empruntant à
l'excellente édition Garnier frères [2], un des contes
traduits par MM. Grégoire et Louis Moland.

Jean le Lourdaud

« Au fond d'une province, il y a bien longtemps
de cela, se trouvait un vieux château où demeurait

---

[1] Cette traduction est de MM. MARMIER et SOLDI. (V. *Théâtre Danois*,
libr. Didier.)

[2] *Nouveaux contes Danois d'Andersen.*

un vieux seigneur. Il avait deux fils qui se croyaient chacun tant d'esprit et de savoir que la moitié aurait suffi largement pour un seul homme.

« Aussi, lorsque la princesse, fille du roi du pays, fit annoncer qu'elle donnerait sa main à celui qui lui répondrait le mieux, furent-ils tous les deux certains de l'emporter sur tous les autres.

« Ils n'avaient que huit jours pour se préparer à l'épreuve ; mais cela leur sembla plus que suffisant ; ils avaient fait de si bonnes études ! L'aîné savait, par exemple, par cœur tout le dictionnaire latin et aussi les trois dernières années de la feuille d'annonces de la petite ville voisine ; il savait réciter tout ce fatras en commençant, soit par le commencement, soit par la fin. Le cadet connaissait les lois et coutumes de tous les pays civilisés ou non ; pour cela, il se croyait un homme d'État ; puis il savait aussi broder et faire très proprement de la tapisserie.

« —C'est moi qui épouserai la princesse ! s'écrièrent-ils donc tous les deux.

« Le père leur donna à chacun un beau cheval pour se rendre à la cour, un noir à l'aîné, un blanc

au second. Avant de partir, il se frottèrent bien
de l'huile d'amandes les lèvres et surtout les coins
de la bouche, pour pouvoir parler bien longtemps.

« Toute la valetaille se rassembla pour leur souhai-
ter bonne chance lorsqu'ils montèrent à cheval. A ce
moment survint par hasard le troisième frère. Le
vieux seigneur, en effet, avait encore un autre fils ;
mais il en faisait si peu de cas que c'était comme
s'il n'existait pas. C'était un brave garçon ; mais
l'étude n'était pas son fort : on avait fini par l'appeler Jean le Lourdaud.

« —Oh ! oh ! s'écria-t-il en voyant tous ces apprêts.
Où allez-vous donc ? Tiens, vous avez mis vos beaux
habits des dimanches.

« — Nous nous rendons au palais du roi : nous
concourons pour la main de sa fille. Tu n'as donc
pas entendu le garde champêtre annoncer la chose ?

« Et ils le mirent au courant.

« — Ma foi ! s'écria Jean le Lourdaud, j'en veux
être aussi.

« Les deux frères éclatèrent de rire, et partirent
au galop.

« —Petit père, dit Jean, il faut que tu me donnes aussi un cheval. Si la princesse me prend pour son mari, eh bien ! elle me prendra ; si elle ne me prend pas. c'est moi qui la prendrai. Dans tous les cas j'aurai sa main.

« —Laisse donc ces sornettes, dit le vieux seigneur. Tu n'auras pas de cheval. Tu ne sais pas parler le langage fleuri de la cour. Jamais tu n'as voulu mordre à la rhétorique. Tes frères, au contraire, voilà deux gaillards qui ont la tête bien meublée.

« —C'est comme cela, répondit Jean. Ah ! je n'aurai pas de cheval. Eh bien ! je prendrai le bouc ; l'animal m'appartient, nous nous entendrons parfaitement ; il voudra bien me porter.

« Aussitôt dit, aussitôt fait ; il sauta sur la bête, qui partit à fond de train. Hé ! hop ! Il en faisait des bonds, le brave bouc ! « Holà ! me voilà ! » cria Jean le Lourdaud, et tous les échos retentissaient des chants joyeux qu'il entonnait pour passer le temps du voyage.

« Les deux frères avaient mis leur monture au pas; ils ne soufflaient mot ; ils repassaient dans leur

mémoire tout ce qu'ils savaient et ils préparaient
aussi de fines réparties aux questions qu'ils suppo-
saient que la princesse allait leur adresser. Jean les
rattrappa. « Holà ! me voilà, dit-il. Voyez donc ce
que j'ai trouvé en chemin. » Et il leur montra un
corbeau crevé qu'il avait ramassé. « Balourd, dirent-ils. Que veux-tu faire de cette charogne ? —
De ce beau corbeau ? répondit-il. Mais j'en ferai
cadeau à la princesse. — Essaye toujours, » dirent-
ils, en se tenant les côtes, puis ils partirent au
trot.

« Jean resta un peu en arrière ; mais à une montée
il les rejoignit. « Hop, hop, c'est moi ! cria-t-il. Voilà
encore une magnifique trouvaille que j'ai faite. » Les
frères se retournèrent et regardèrent. « C'est trop
fort, même pour un lourdaud comme toi, dirent-ils.
Ce que tu tiens là, c'est un vieux sabot, auquel il
manque un morceau. Est-ce encore un présent pour
la fille du roi ? » — Nous verrons si elle le mérite,
répondit Jean.

« Les frères rirent de plus belle et repartirent au
galop.

« Ils avaient pris une grande avance. Mais Jean les rattrapa encore.

« — Hé, holà, hop-là-là, me voilà ! cria-t-il. Cela va toujours de mieux en mieux. Vraiment c'est fameux.

« — Idiot, quelle saleté as-tu donc trouvée maintenant ? dirent les frères.

« —Quelque chose de superbe, d'incomparable ! Comme elle se réjouira, la fille du roi !

« Et il leur montra ce qu'il avait recueilli dans sa gourde.

« — Fi donc ! dirent les frères. C'est du sable ou plutôt de la boue que tu as ramassée dans le fossé !

« —Oui, répondit-il, mais c'est de l'espèce la plus fine ; elle vous glisse entre les doigts.

« Cette fois les frères éperonnèrent leurs montures, qui partirent comme le vent ; sous leurs pieds, les cailloux volaient, lançant des étincelles. Ils arrivèrent toute une heure avant Jean à la porte de la capitale. Là, on prit leurs noms, et on leur donna, comme à tous ceux qui venaient pour passer

l'épreuve, un numéro d'ordre. On les faisait passer
six par six, placés en rang ; ils étaient serrés
comme des harengs ; c'était sagement imaginé.
Comme ils étaient rivaux, et que le prix en valait
la peine, ils auraient facilement pu se quereller
pour une futilité ; mais comme ils ne pouvaient bou-
ger ni bras ni jambes, impossible d'en venir aux
voies de fait.

« Une foule immense était rassemblée devant le
palais du roi ; toute la cour était aux fenêtres pour
voir arriver les prétendants. Les malheureux, ils
s'en allaient plus vite qu'ils n'étaient venus. Dès
qu'ils paraissaient devant la princesse, la parole
venait à leur manquer aussi subitement que disparaît la lumière d'une bougie quand on souffle
dessus.

« — Allons, c'est un faquin, ne cessait de dire la
princésse depuis le matin. Qu'on l'emmène.

« Vint le tour de celui des frères qui savait par
cœur le dictionnaire latin ; mais même avant d'entrer
dans la salle, il avait tout oublié. Son trouble aug-
menta quand, regardant au plafond, il se vit dans

les glaces qui s'y trouvaient, marchant sur la tête.
Il y avait toute une rangée de sténographes dirigés
par un greffier en chef. Ils se tenaient, comme au
port d'arme, la plume à la main, pour inscrire les
traits d'esprit et les belles phrases qu'on attendait
des concurrents. Leur papier était encore presque
blanc ; mais ils conservaient toute la gravité de
leur emploi. C'était terriblement solennel.

« Le frère au dictionnaire sentait tout son aplomb
l'abandonner ; voilà qu'en avançant il fait craquer
une planche du parquet. Cela le démonte encore
plus. Cependant il finit par trouver quelques mots
à dire :

« — Altesse, qu'il fait donc chaud ici !

« En effet, il y avait là un immense poêle tout rouge.

« — C'est vrai, répondit la princesse, mais c'est
que le roi, mon père, fait rôtir aujourd'hui des
poulets.

« Le pauvre garçon ne s'était pas attendu à un
pareil discours ; certainement, il y avait de quoi
être démonté.

« — Mais. mais ! Bé...

« Voilà tout ce qu'il pût articuler.

« —Encore un idiot, s'écria la princesse. Qu'il file
au plus vite.

« Entra le frère cadet.

« — Quelle chaleur épouvantable! dit-il.

« — C'est que nous faisons rôtir des poulets, dit
la princesse.

« — Oh! ah! comment?

« Et il n'alla pas plus loin.

« — Emmenez cet animal, dit la princesse.

« Maintenant, ce fut le tour de Jean le Lourdaud.
Il entra dans la salle, monté sur son fidèle bouc,
qu'il ne voulait confier à personne.

« — Hohé! quelle chaleur du diable! s'écria-t-il;
êtes-vous folle de ne pas faire ouvrir les fenêtres?

« —Je fais rôtir des poulets, répondit la princesse,
et il faut que la chaleur soit bien égale.

« — Bien! comme cela se trouve, dit Jean, alors
vous pourrez aussi faire rôtir mon corbeau?

« — Très volontiers, dit la princesse; mais avez-
vous quelque chose où le mettre? car je n'ai ici ni
pot ni casserolle.

.. — Voic. justement ce qu'il nous faut, dit Jean.

« Et il montra le sabot et y plaça le corbeau.

« — Cela fera un vrai régal, dit la princesse. Mais où trouver de quoi faire la sauce?

« — Ne vous inquiétez pas, dit Jean.

« Et, tirant sa gourde, il versa un peu de boue dans le sabot.

« — Voilà qui me plaît, dit la princesse. Tu as réponse à tout, même aux plus grandes bêtises. C'est toi qui seras mon mari. Jusqu'ici c'est bien ; mais sais-tu que tout ce que nous avons dit a été sténographié et va être publié demain dans le journal. Il y a là ce terrible greffier en chef : c'est une brute achevée ; impossible de lui faire comprendre qu'il serait plus séant pour notre dignité de nous mettre dans la bouche d'autres discours que les niaiseries que nous avons débitées.

« La princesse ne disait cela que pour essayer une dernière fois d'embarrasser Jean le Lourdaud.

« Mais il ne perdit pas la tramontane.

« — Ah! c'est comme cela! dit-il.

« Et il se précipita vers la table où se tenaient les

scribes et le greffier, et il versa tout le reste de la boue sur ce qu'il avait griffonné.

« — Parfait ! excellent ! s'écria la princesse. L'épreuve est finie.

« La noce fut aussitôt célébrée ; et après la mort du roi, Jean le Lourdaud hérita de la couronne.

« Cette histoire, je l'ai lue dans le journal où un des scribes, dont le papier n'avait pas été entièrement barbouillé, l'avait racontée Mais vous savez, on ne peut trop se fier à la véracité des gazettes. »

La Norvège, dont les destinées ont été si longtemps celles du Danemark, n'a pas de littérature spéciale : les écrivains qu'elle a produits appartiennent autant à Copenhagne qu'à Christiania ; c'est ainsi que Bjœrnstjern Bjœrnson, le grand dramaturge norvégien de notre époque, a été distingué par les Danois avant de l'être par ses compatriotes.

CHAPITRE XI

LES BEAUX-ARTS EN DANEMARK

L'architecture au moyen âge. — Les peintres du xviiiᵉ siècle,
— Ecklrsberg. — L'école danoise, ses qualités. — La sculpture. — Thorvaldsen, sa biographie, ses principales œuvres,
son musée, ses élèves.

Les arts du dessin ne se développèrent que très
tard en Danemark. Au moyen âge, l'architecture
produisit bien quelques œuvres remarquables, entre
autres la cathédrale de Röskilde, mais les principaux édifices datent de la fin du xviᵉ siècle et du
commencement du xviiᵉ. Le roi Christian IV, am
des arts autant que des lettres, fit élever le château
de Frederiksborg, dont il fit dessiner les tapisseries
par le peintre hollandais Karel van Mander.

Au xviiiᵉ siècle, le Danemark commença à comp-

ter quelques artistes de talent, qui, pour la plupart,
allèrent chercher la gloire en dehors de leur patrie.
Tels sont Ismaël Mengs, élève de Cooper, directeur
de l'Académie de Dresde, renommé pour ses pastels
et ses peintures en émail ; — Henri Krock, auteur
d'une *Rencontre de Jacob et de Rachel*, qui est actuellement au musée de Copenhague ; — Pierre Andersen, peintre de la cour ; — Jens Juel (1745-1802),
paysagiste et portraitiste ; — Nicolas Abildgaard
(1744-1809). peintre d'histoire, auteur de *Philoc-
tète*, d'*Ossian*, de nombreuses *Allégories*, de *Scènes*
tirées d'Apulée, etc. ; — C.-A. Lorenzen, peintre d'histoire ; — Adam Gielshup, paysagiste ; — la famille
Lund, qui compta plusieurs peintres estimés, soit
dans le genre historique, soit dans le genre mytho-
logique, soit dans le paysage, soit même dans l'ornementation. Le goût des beaux-arts avait été favorisé et encouragé par la fondation de l'Académie
Nationale en 1754.

Au commencement du xix° siècle, Christophe-
William Eckersberg, élève de David de 1810 à 1813,
fut nommé à son retour professeur à l'Académie

de Copenhague. Il exerça sur ses compatriotes une
influence salutaire, et leur enseigna les principes
du maître sous lequel il avait lui-même travaillé.
Ses leçons ne furent point perdues. Il existe aujourd'hui une école danoise, et le gouvernement
lui-même se plaît à prodiguer aux artistes ses de-
niers et ses encouragements. Presque tous les
peintres sont élèves de l'Académie, qui est sub-
ventionnée par l'État, et qui délivre, après un examen sévère, un certificat donnant droit à concourir
pour la petite ou la grande médaille d'or.

Marstrand [1], mort en 1873, occupe sans contredit la première place dans la peinture d'histoire et
de genre ; après lui, viennent Charles Bloch[2], Exner[3],
Otto Bache, Kroyer et Vernehren. Les meilleures
compositions de l'école danoise reproduisent des
scènes de mœurs locales et des sujets familiers.
Elles sont traitées avec une naïveté charmante ; les
sujets en sont simples, ce qui ne veut pas dire qu'ils

---

[1] Auteur du *Festin du roi*, de la *Réunion politique*, etc.
[2] Auteur du *Roi captif*, du *Moine plumant ses poules*, etc.
[3] Auteur du *Déjeûner*, et de la *Petite Convalescente*.

soient insignifiants ; elles expriment des sentiments
purs, élevés, et ne pèchent jamais par la coquetterie, la mignardise, ou l'élégance apprêtée ; et l'on
ne saurait nier que cette peinture pleine de conscience, de franchise, de bonhomie, ait une originalité touchante. Le plus grand des paysagistes
danois, mort en 1876, est Skoogaard, dont les meilleures toiles sont : *le Vieux chêne au nid de cigo-
gne*, et *Avant l'orage*, qui appartiennent tous deux
à la galerie royale de Christiansborg.

Le plus célèbre des sculpteurs danois est Albert
Thorvaldsen, né à Copenhague, le 19 novembre
1770. Son père, pauvre artisan, taillait dans les
chantiers de la capitale sjallandaise de grossières
figures destinées à orner la proue des navires, et
de bonne heure l'enfant, qui se faisait remarquer
par son assiduité à l'école gratuite de l'Académie
des Beaux-Arts, mit son talent naissant à la dispo-
sition de l'ouvrier, dont les ouvrages gagnèrent en
correction et en délicatesse. Les récompenses ne
se firent pas attendre. A dix-sept ans, l'Académie
lui décerna un prix, et en 1789, un bas-relief.

l'*Amour au repos*, lui valut la grande médaille
d'argent. Son père, satisfait de ce succès et convaincu qu'Albert en savait assez pour lui prêter un
concours efficace, résolut de retirer le jeune homme
de l'Académie pour le faire travailler avec lui dans
son atelier.

Thorvaldsen, fils respectueux, aurait obéi sans
récriminer, mais le peintre Abilgaarde, qui l'avait
dirigé dans ses études, alla trouver l'artisan, et
parvint à modifier sa détermination. Il fut décidé
que le jeune homme consacrerait une partie de son
temps à l'étude, l'autre partie au travail qui fait
vivre. Bientôt Albert monte en loge pour exécuter
le sujet d'un concours : *Héliodore chassé du temple ;*
il est à peine installé que, doutant de ses forces,
il s'esquive par un escalier dérobé, où, fort heureusement, un professeur le rencontre, l'encourage
et le ramène Quand les lauréats furent proclamés,
il apprit avec quelque étonnement que la petite
médaille d'or lui était acquise. Le vrai mérite est
toujours modeste ! seuls, les incapables au cer-
veau creux se croient sûrs d'eux-mêmes comme si

l'aplomb pouvait remplacer les aptitudes naturelles
ou le fruit d'un opiniâtre labeur !

C'est en 1793 qu'il concourut pour la grande
médaille d'or. Cette haute distinction, s'il l'obte-
nait, lui donnerait le droit de voyager pendant trois
ans aux frais de l'Académie, et il se prépara à la
lutte avec une ardeur incroyable ; il produisit même
dès cette époque des bas-reliefs déjà remarquables
par la simplicité et le naturel. Il remporta la médaille tant désirée ; mais, par malheur, le trésor
était vide : il fallut trois ans pour réunir les fonds
nécessaires au voyage de Thorvaldsen, qui dut
donner en attendant des leçons de dessin, fabriquer des statuettes, dessiner des vignettes pour les
éditeurs. Enfin, le 20 mai 1796, il s'embarqua sur
la *Thétis*, en partance pour Naples, où il arriva
le 1er février 1797. Il n'y séjourna qu'un mois,
préférant passer à Rome les trois ans qu'il lui
était loisible d'employer à courir le monde artis-
tique.

Diverses circonstances, entre autres les démêlés
du Directoire avec le Saint-Siège, empêchèrent Thor-

valdsen d'augmenter par quelques menus travaux
d'art ses faibles ressources. Il tomba à la longue
dans le découragement, et il allait retourner à Copenhague, lorsqu'un riche banquier anglais, Tho-
mas Hope, venu dans son atelier, et frappé de
l'imposante tournure du *Jason*, lui commanda un
marbre de cette belle statue. A partir de ce moment, l'artiste n'eut plus besoin de lutter pour
l'existence. Son génie put arriver à son complet
épanouissement, et la gloire arriva en même temps
que la richesse. L'aristocratie romaine accueillit à
bras ouverts le sculpteur, dont la physionomie
calme et énergique rappelait ces rois de mer
scandinaves chantés dans les Sagas.

Le premier bas-relief réellement beau qu'il ait
composé date du printemps de 1805 : il représente
l'*Enlèvement de Briséis*. Cette œuvre et le groupe
de l'*Amour et Psyché* « marquaient le moment où
Thorvaldsen parvint au plein développement de
son talent. Il travailla dès lors avec ardeur, avec
entrain, avec foi, et l'on vit sortir de ses ateliers
ce grand nombre d'œuvres sévères qui l'ont mis au

rang des premiers artistes de notre siècle (1). » Ces
œuvres s'appelaient : l'*Adonis*, les *Deux Hébé*, le
Triomphe d'Alexandre, l'*Aurore et la Nuit*, la
Vénus, l'*Espérance*, le *Mercure*, les *Trois Grâces;*
Priam demandant à Achille le cadavre d'Hec-
tor etc. etc.

Au milieu de ses succès de tout genre, Thorvaldsen n'oubliait pas sa patrie. Son plus grand désir
était de revoir la ville où il avait vu le jour, d'où il
était parti presque ignoré, et où son nom maintenant courait sur toutes les lèvres. Il s'embarqua
donc pour le Danemark en 1819, et pendant un an,
il reçut partout l'accueil le plus enthousiaste. Les
gazettes fêtèrent son arrivée, l'Académie lui fit une
réception solennelle, et la cour lui réserva l'accueil le plus distingué : on le nomma conseiller
d'État pour qu'il pût s'asseoir à la table du souverain sans porter atteinte à l'étiquette. « Le fils

---

(1) Eugène Plon, *Thorvaldsen, sa vie et son œuvre*, p. 59 — Les
quelques pages que nous avons consacrées à Thorvaldsen ont été
écrites d'après le beau travail de M. Plon sur le maître, travail dont
plusieurs traductions en langues étrangères ont consacré la valeur.
M. Plon est également l'auteur d'une étude sur V. Bissen.

de l'humble ouvrier rentrait à Copenhague comme un prince dans sa capitale, après la conquête d'une province. C'est là que son cœur l'aurait retenu, s'il n'avait pas voué sa vie à l'art qu'il avait illustré et enrichi. Mais son œuvre inachevé l'appelait à Rome, et il y retourna, sacrifiant noblement son bonheur à son devoir. Ses affections cependant restèrent à Copenhague. Il avait compris que s'il était admiré ailleurs, c'est là qu'il était aimé, et il y envoyait les plus purs des chefs-d'œuvre qu'il enfantait chaque année. C'est de cette période, qui dura dix-huit ans, que datent les statues colossales du *Christ et des douze apôtres*, qui ornent l'église de Notre-Dame, et qui n'ont d'égales dans la statuaire moderne que le *Moïse* de Michel-Ange et le *Milon de Crotone* de Puget. »

A son retour à Rome, le cardinal Consalvi le chargea d'exécuter le tombeau de Pie VII, qui, commencé en 1824, ne fut achevé que sept ans plus tard. Le pape est revêtu de ses insignes sacerdotaux et assis sur son siège pontifical; son bras gauche disparaît sous la chape; sa main droite

donne la bénédiction. Deux statues, la *Force* et la
Sagesse accompagnent la figure principale, et deux
anges sont placés à la droite et à la gauche du
pontife. — Dans l'intervalle, Thorvaldsen, quoique
protestant, avait été élu président de l'Académie
de Saint-Luc. Le nouveau pape, à qui l'on avait sou-
mis l'affaire, exprima très nettement son opinion :

— Est-il douteux qu'il soit le plus grand sculpteur que nous ayons aujourd'hui à Rome?

— Le fait est incontestable, lui répondit-on.

— Le choix ne peut donc être incertain, et il doit
être nommé président. Seulement, il y aura tels
moments où il verra qu'il doit être indisposé.

Ces derniers mots faisaient allusion à l'obligation où se trouvait le président de l'Académie d'as-
sister officiellement, en certaines circonstances so-
lennelles, aux cérémonies du culte catholique.

Puisque nous en sommes au chapitre des anec-
dotes, n'oublions pas la suivante, rappelée par
M. E. Plon. Lorsque Thorvaldsen produisait une nouvelle œuvre, ses ennemis la critiquaient de parti
pris ; mais ses admirateurs le félicitaient de vive

voix s'ils le connaissaient personnellement, par écrit
s'ils ne se trouvaient pas en relations avec le maître.
Parmi les témoignages de sympathie qu'il reçut
lors de l'inauguration du monument d'Appiani, à
Milan, en 1826, il se montra particulièrement sen-
sible à celui du bottier Anselme Ronghetti, qui
excellait dans son état, et qui était fort épris de la
sculpture. Ronghetti lui envoyait de temps en temps
quelque chef-d'œuvre de cordonnerie, et il ne man-
qua pas de le faire à l'occasion du monument d'Appiani : cette fois, il accompagna sa lettre d'une
paire de bottes dites *ronghettines,* dont Thorvaldsen fut si enchanté qu'il en accusa réception au
donateur dans les termes les plus chaleureux. Aussi
la réponse du maître ne tarda-t-elle pas à figurer,
bien encadrée, dans la boutique du bottier, en compagnie d'un buste de lord Byron que le Danois lui
avait offert.

Ce Ronghetti était un homme d'esprit. Un gentilhomme parisien lui ayant commandé une paire de
chaussures, et ayant manifesté tout haut son re-
gret de ne s'être pas précautionné, le Milanais se

sentit offensé dans sa dignité d'habile artisan. Il dissimula son dépit, et, d'un ton très humble, dit à son client que, dans la crainte de ne pas réussir son travail du premier coup, il ne confectionnait d'abord qu'une seule botte, qui, corrigée au besoin, servirait de modèle pour la seconde. La première fut si parfaite que notre compatriote adressa à son fournisseur des compliments d'ailleurs bien mérités; mais alors Ronghetti, d'un ton dédaigneux :

— Monsieur fera faire la seconde à Paris.

Les troubles qui éclatèrent à Rome en 1830 engagèrent sérieusement Thorvaldsen à changer de résidence. Il ne mit cependant son projet à exécution qu'en 1838 après l'épidémie qui désola si violemment la Ville éternelle. Son arrivée à Copenhague fut célébrée avec une grande pompe : de toutes les barques s'éleva un immense concert de voix, chantant un hymne composé en honneur de l'artiste par le poète Heiberg; au débarcadère, le vieillard fut reçu par les membres de l'Académie des Beaux-Arts, et le peuple, dételant les chevaux de la voiture qui l'attendait sur le quai, traîna lui-même le

véhicule jusqu'au palais de Charlottenborg. Les
fêtes se prolongèrent plusieurs jours, pendant lesquelles l'artiste fut, pour ainsi dire « la proie du
public », et c'est sans contredit un beau spectacle
que celui de toute une nation honorant ainsi l'un de
de ses plus grands hommes.

Thorvaldsen était ennemi du bruit et du tapage.
Ces honneurs flattaient sans doute au plus haut point
son amour-propre d'artiste, mais il ne s'appartenait
plus ; il était assailli d'invitations de toutes sortes,
et les premières familles de Copenhague se le dis-
putaient. Il accepta donc avec grand plaisir l'offre
du baron de Stampe, qui lui proposa de venir passer la belle saison au château de Nysoë, non loin
de Proesto. Là, Thorvaldsen put travailler à l'aise
dans un atelier que la baronne lui fit construire
tout exprès en une semaine ; on le décida à mode-
ler sa propre statue, où il s'est représenté en costume de travail, le bras appuyé sur l'*Espérance*. Le
19 novembre 1839, jour anniversaire de sa naissance, il apprit que le roi venait de lui conférer la
grand'croix de l'ordre du Danebrog.

Avant de mourir, il voulut revoir la ville où s'était écoulée la période la plus importante de sa vie. Il se mit en route pour l'Italie le 21 mai 1841, en compagnie de la famille de Stampe. Les Allemands, qui comptaient sur leurs places publiques plus d'une œuvre du maître, lui firent un accueil dont les journaux du temps nous ont conservé les moindres détails · ce fut un véritable voyage triomphal. A Rome, son retour fut célébré par une grande fête, mais sa santé ne s'accommodant pas du climat d'Italie, il n'y fit qu'un séjour de courte durée. D'ailleurs, sa dernière heure était proche. Revenu à Copenhague, il vit (ou plutôt ses amis virent) ses forces diminuer de jour en jour, et il expira subitement un soir au Théâtre-Royal (mars 1844). Ses funérailles furent célébrées avec une pompe imposante : la reine de Danemark avait tressé elle-même une couronne, et le roi, accompagné du prince royal, vint en personne, tête découverte, recevoir le cercueil à l'entrée de l'église.

Torvaldsen légua à sa ville natale tous les objets d'art qu'il avait envoyés à Copenhague et qui s'y

L. Breton

TROPSON
ANDERSEN

13

trouvaient au moment de sa mort, ainsi que tous
ceux qu'il possédait en propre. A ce legs, il atta-
cha expressément diverses conditions : « Tous les
objets ci-dessus mentionnés, lit-on dans son testa-
ment, formeront un musée qui portera mon nom...
La ville de Copenhague sera tenue de fournir un
local convenable et offrant la plus grande sécurité
possible. » Les dernières volontés de l'illustre dé-
funt furent scrupuleusement remplies : on ne passe
jamais en Sjalland sans visiter le musée où sont
réunis tant de chefs-d'œuvre.

Nous ne pouvons donner ici le catalogue complet de l'œuvre de Thorvaldsen. Nous citerons seulement : 1° dans l'ordre religieux, *le Christ et les
douze Apôtres* et le *Serment de saint Jean-Baptiste ;*
2° parmi les bas-reliefs, *Héliodore chassé du temple, Jésus sur le chemin du Calvaire,* la *Fuite en
Égypte,* la *Charité chrétienne ;* 3° parmi les monuments funèbres, ceux de *Pie VII,* d'*Eugène de
Beauharnais,* de *Christian IV,* de *Raphaël,* de
Gœthe, du *comte Potocki ;* 4° parmi les monuments
publics et commémoratifs, le *Monument à la mé-*

moire des Suisses, la *Statue équestre du prince
Poniatowski*, les *Monuments de Frédéric VI*, de
lord Byron, de *Schiller*, de *Gutenberg*, de *Coper-
nic*; 5° parmi les sujets mythologiques et héroïques, *Mars et l'Amour, Apollon, Bacchus, Adonis,
Jason, Pollux, Vulcain, Hercule, Minerve*, l'*Amour
et Psyché*, l'*Amour vainqueur, Psyché, Ganymède
et l'Aigle*, les *Trois Grâces, Sybille, Danse des
Muses sur l'Hélicon, Vulcain forge les flèches de
l'Amour*, la *Nuit*, l'*Aurore*, l'*Amour chez Ana-
créon*, les *Quatre éléments*, l'*Amour piqué par
une abeille*, les *Grâces, Jeune Bacchante avec un
oiseau*, le *Mythe de l'Amour et Psyché* (seize bas-
reliefs), *Figures de la fable antique* (vingt-deux
bas-reliefs), *Achille et Thétis, Priam demande à
Achille le corps d'Hector*, l'*Entrée d'Alexandre à
Babylone*; 6° parmi les compositions allégoriques,
les Quatre saisons et les quatre âges de la vie, les
Génies de la *Peinture*, de la *Sculpture*, de l'*Architecture*, de la *Poésie*, le *Damenark*, la *Justice*;
7° parmi les portraits, les statues de la *princesse
Caroline-Amélie*, de *Thorvaldsen*, de *Luther*, et

les bustes de *Maximilien de Bavière*, de *Holberg*,
de *Pie VII*, du *cardinal Consalvi*, de *Horace
Vernet*, etc. etc.

Pour apprécier en connaissance de cause l'œuvre
de Thorvaldsen, il faut commencer par rechercher
le milieu dans lequel la personnalité du célèbre
sculpteur s'est manifestée. Lorsqu'il vint en Italie,
les travaux de Winckelmann sur l'antique avaient,
en quelque sorte, ramené le goût à l'étude des
beautés de l'art grec. Persuadé que les maîtres hellènes, si heureusement doués, si aptes à comprendre le beau et à le sentir, devaient leur supé-
riorité à l'idéalisation de la nature, à l'expression
décente et gracieuse des gestes et des attitudes, à
l'harmonieux équilibre du corps, en un mot à l'é-
tude du nu, Winckelmann « décrivit la voie suivie
par les maîtres grecs et laissa jaillir de cet enseignement des préceptes d'une haute portée. » Thorvaldsen, déjà enthousiaste par le grand style de la
statuaire antique et encouragé par le savant archéologue Zoëga, s'abandonna sans réserve à son
penchant. Il s'efforça d'abord de se pénétrer du

style des artistes grecs, mais il ne le copia jamais
servilement. Ses statues témoignent presque toujours d'une étude anatomique très scrupuleuse faite
sur le modèle vivant, et tout en idéalisant la nature, il mêla toujours un peu de réel dans l'idéal,
comme on peut le voir par son *Mercure*. La collection de ses bas-reliefs compose une œuvre des plus
variées. « Passer tour à tour des compositions ho-
mériques aux ouvrages d'inspiration plus légère
paraît n'être qu'un jeu pour l'esprit du sculpteur.
Les caractères différents de tant de productions
attestent une intelligence largement ouverte à tout
ce qui est beau, un talent admirablement fertile en
créations. Il a été donné à bien peu d'artistes de
réunir au même degré la grâce et la force, et de
savoir mettre ces qualités au service d'une imagination aussi féconde. » Si nous passons à la partie
religieuse de l'œuvre, nous constatons que là encore Thorvaldsen conserve son culte pour la beauté,
telle que la définit l'esthétique de la Grèce, ses
figures expriment plutôt le sentiment philosophique
que le sentiment chrétien.

On a souvent mis en parallèle le talent du Danois et celui de Canova. Sans doute, les deux maîtres semblent s'inspirer des mêmes traditions ; mais si les figures de celui-ci sont habiles, excessivement gracieuses, elles pèchent souvent par la manière et l'affectation ; elles ne sont grecques que par la surface. Au contraire, le style de Thorvaldsen est plus ample, plus sévère, plus vrai, plus simple, plus grand ; comme le disait Théophile Gautier, le Sjallandais a vu la nature avec les yeux d'un élève de Phidias, et il l'a dégagée de tout détail inutile.

« Thorvaldsen, dit M. Eugène Plon, appartient à la race scandinave, dont il a le caractère et le génie. Cette race de l'extrême Nord, un peu rude, fière et simple, hospitalière et bonne, s'est plu de tout temps aux choses nobles. La poésie de ses premiers bardes a été guerrière et chaste. Elle a toujours cru à l'immortalité de l'âme, à un monde où la vie aurait quelque chose de plus large, de plus grand que la vie terrestre, où les guerriers aimeraient et se battraient à la façon des dieux. Pour nous, les longs jours de la belle saison sont accueillis comme un

droit ; pour les Scandinaves, ces mêmes jours,
comptés avec tant de parcimonie, sont un bienfait
de la nature ; et quand l'herbe est verte, la prairie
émaillée de fleurs, lorsque le soleil dore la cime
des hauts sapins et que la brise glisse doucement
à la surface des grands lacs, c'est fête par tout le
Nord, et le peuple entier chante la joie de la nature par des hymnes tendres et sauvages, avec des
accents pleins de force et de fraîcheur. C'est bien
la sève de cette race scandinave, naïve et vigoureuse, que l'artiste danois avait gardée en lui. Il
s'est, en outre, approprié les hautes qualités de
l'art grec, en s'efforçant toujours d'atteindre au
rameau le plus dur et le plus sévère de cet arbre
de science. S'il a voulu idéaliser ses figures par les
procédés des Grecs et suivant les principes d'esthétique développés par Winckelmann, il a en même
temps demandé ses modèles à la nature, et c'est aux
sources les plus pures qu'il a puisé directement.
Son œuvre gardera dans l'estime des hommes un
rang élevé, non seulement parce qu'il est la plus
complète et l'une des plus hautes expressions des

tendances artistiques de son temps, mais aussi parce qu'il dérive d'une inspiration originale, d'un génie sincère et personnel. »

Thorvaldsen exerça une grande influence sur les sculpteurs qui vinrent à Rome de son temps. L'artiste allemand Rauch fonda, pour y enseigner les principes de l'art antique, une école d'où sont sortis Rietschel, Drake, Wolff et Blaeser. A Copenhague, la tradition a été conservée par V. Bissen, dont les œuvres décorent les places publiques et les palais danois. Bissen est l'auteur du célèbre *Monument de Gutenberg*, exécuté à Rome en 1833-34 d'après les dessins de Thorvaldsen, puis érigé à Mayence en 1837; il a représenté l'inventeur de l'imprimerie revêtu du costume du moyen âge, tenant à la main droite les types mobiles et au bras gauche la première Bible imprimée; deux bas-reliefs encastrés dans le piédestal symbolisent l'*Invention des caractères mobiles* et l'*Invention de la presse à imprimer*. Comme patriote, comme sculpteur national, Bissen a exécuté deux compositions remarquables destinées à perpétuer le souvenir des événements

qui ont signalé, en Damenark, le milieu de ce siècle :
le *Soldat-citoyen*, commémoratif de la victoire
de Frédéricia, et le *Lion de Flensbourg*, érigé à
la mémoire des braves, morts dans la journée
d'Idstodt

CHAPITRE XII

LES DANOIS

Type physique. — Qualités morales et chant guerrier du
peuple danois

Les Danois présentent un spécimen assez pur du
type germanique. Ils ont une taille élevée, la peau
blanche, les yeux d'un bleu pâle, les cheveux très
clairs, et l'on rencontre encore parfois sur les
côtes des pêcheurs aux formes athlétiques, qui
rappellent les farouches Vikings du moyen âge.
Ils sont alertes, courageux, patients, pleins de bon
sens ; mais sous une physionomie froide, ils cachent
une âme ardente : ils ont montré, en se battant
contre la Prusse et l'Autriche, qu'ils sont aussi
braves à la défense que leurs ancêtres le furent à

l'attaque, et leur hymne guerrier n'est pas celui d'un peuple qui consentirait à mourir.

« Flotte fièrement sur les eaux de la Baltique, Danebrog [1], rouge comme le sang ! La nuit ne cachera pas ton éclat; la foudre ne t'a pas abattu; tu as flotté sur des héros qui sont tombés au sein de la mort; ta croix blanche a élevé jusqu'aux cieux le nom de Danemark. Tombée du ciel, ô sainte relique, tu yas conduit des héros, tels que le monde en voit rarement. Tant que la Renommée parcourra les terres et les mers, tant que résonnera la harpe scandinave, ta gloire ne mourra pas. Frémis vaillamment au bruit du combat, frémis en l'honneur de Juel. Quand le tonnerre gronde et t'enveloppe dans ses roulements, chante le brave Tordenskjold, et, si tu voles vers le ciel, embrasé par la foudre, parle devant les étoiles du brave Hvitfeld. A chaque étoile qui brille, tu peux nommer un héros, mais pas un qui efface ton grand Christian IV. Il se tient, en habits de victoire, à l'entrée des régions de la lumière et reçoit les héros qui viennent visi-

[1] Drapeau national des Danois.

ter Otto Rud et Absalon... Déploie fièrement tes
couleurs sur les côtes danoises, sur la côte in-
dienne et dans les pays barbares. Écoute la voix
des flots; elle célèbre tes louanges et la gloire de
tes défenseurs. Ceux qui te restent se gonflent
d'orgueil à ton nom et veulent aller au-devant de
la mer en ton honneur. Marche donc sur les mers.
Jusqu'à ce que les cuirasses du Nord volent en
éclats, jusqu'à ce que s'éteignent tous les cœurs
danois, tu n'iras pas seul [1]. »

La qualité maîtresse des Danois, c'est le calme ;
non le calme flegmatique des Anglais (aucun peuple ne sent plus vivement que le peuple danois),
mais un calme fait de douceur bienveillante. Tous
ceux qui visitent Copenhague sont frappés de cette
atmosphère de tranquillité que rien ne vient assom-
brir. « Une dispute, écrivait dernièrement un tou-
riste, une discussion, un échange de termes vifs
sont chose tellement rares, qu'on n'en citerait pas
dix exemples dans toute une année. Un mot, d'ail-

---

[1] V. sur le patriotisme des Danois : *le Danemark* (1814-1861), par
le colonel MARNIER (Paris, in-8°, 1862, Dentu).

leurs, un mot que l'on entend partout, dans les
quartiers les plus riches comme les plus pauvres,
qui donne à lui seul la mesure non seulement de
ce sentiment de paix, mais encore d'un sentiment
plus élevé, celui de la courtoisie, est le mot : *Vœr
saa god*, locution dont on se sert en toute occasion, à tout propos. Que ce soit un passant qui
vous dérange, que ce soit un maître donnant un
ordre à son domestique ou le domestique demandant une instruction à son maître, l'appel fait en
pleine rue à un cocher de tramway ou l'interpella-
tion d'un cocher de fiacre à un gamin, c'est toujours le même mot qui revient : *Vœr saa god*, ce
qui veut dire : *Soyez assez bon.* Soyez assez bon
pour vous déranger, soyez assez bon pour obéir
à tel ordre, soyez assez bon pour payer votre
place, soyez assez bon pour ne pas vous faire écraser. Cette locution préliminaire établit dans les
mœurs l'égalité de la politesse, et, si l'on passe de
la rue à un intérieur danois, ce sentiment de courtoisie devient un sentiment exquis de bienvenue et
d'hospitalité. » Qu'on interroge sur ce point les mé-

decins français qui ont assisté au dernier congrès
international tenu à Copenhague! Ils répondront
que les Danois ne sont pas seulement des gens polis
et bien élevés, mais qu'ils brillent aussi par leur
honnêteté scrupuleuse : la race des pick-pockets
n'a pas encore poussé de rejetons dans les rues de
la grande cité Sjallandaise.

Un peuple n'est pas en décadence lorsqu'il est
doué de qualités aussi solides et lorsqu'il développe
sa moralité par l'instruction. Peu de nations sont
aussi éclairées que cette petite mais brave nation,
dont certaines puissances voudraient se partager le
territoire, comme si le Danemark était une nouvelle
Pologne : à la campagne, comme dans les villes, tout
le monde sait l'histoire nationale, et le rideau du
théâtre royal de Copenhague porte cette inscription
significative : « Pas seulement pour le plaisir. »
C'est grâce à cette culture intellectuelle que le Danemark a toujours eu profondément le sentiment
de son devoir autant que celui de son droit; il représente bien la cause doublement sacrée de la justice dans la faiblesse, et, loin d'avoir décru avec sa

puissance, son patriotisme a puisé de nouvelles forces dans la diminution du pays. « Plus on lui a enlevé d'hommes, plus on lui a donné de cœurs, et il a mieux encore prouvé sa grandeur morale dans ses revers que dans ses succès. » M. Victor Fournel écrivait, au retour d'un voyage en Danemark (1868), les lignes suivantes que nul voyageur n'a contredites et que toutes les relations, au contraire, se plaisent à confirmer :

« J'emporte un souvenir impérissable de cette bonne, honnête et loyale nation, qui nous aime, qui croit en la puissance de la presse, qui, dans sa défaite, vaincue mais non abaissée, garde obstinément l'ardent espoir de la revanche ; qui reste grande, malgré sa petitesse, par ses vertus politiques et civiles, par sa dignité, son esprit national et la façon dont elle comprend l'alliance du respect de l'autorité avec le culte de la liberté. Cette race est, comme la poésie de ses anciens bardes, simple et forte, chaste et guerrière. Elle unit la réflexion à la persistance ; elle exécute avec décision ce qu'elle a mûri avec calme ; rien n'est plus

étranger à son tempérament que la mobilité inquiète,
les élans superficiels, vagabonds et désordonnés
des races méridionales. Fidèle, jusqu'au sein du
progrès, à toutes les traditions du passé, elle aime
d'un égal amour le sol natal et le foyer domestique,
et porte dans le patriotisme ses vertus de famille.
Fière et naïve à la fois, alliant un reste de rudesse
scandinave à une bonhomie affectueuse et cor-
diale, hospitalière comme aux âges héroïques, et
courtoise comme aux temps de la chevalerie, voi-
lant un grand fonds de tendresse et d'enthousiasme
sous l'apparente froideur du Nord, comme la verdure du sol natal se cache sous la neige, pour s'épa-
nouir aux premiers rayons du soleil printanier, elle
a l'instinct des choses nobles, qui respire en tous
ses poèmes la sève et la fraîcheur à demi-sauvages
de sa nature sans éclat, mais vigoureuse et sa-
lubre [1]. »

C'est dans les plaisirs, dans les amusements surtout, qu'il faut étudier les peuples, si l'on veut ap-

---

[1] Victor FOURNEL, *le Danemark contemporain, Études et souve-
nirs d'un voyageur*, p. 94.

précier exactement leur moralité. Or dans le Jylland et dans les îles danoises, on n'aime que les
joies saines et douces, la vie s'écoule calme et
simple au sein de la famille ; l'inconduite et le vice
se cachent honteusement. Les amusements honnêtes
suffisent aux exigences du public, qui éprouve rarement quelque sympathie pour les joies douteuses
ou bruyantes. Peu leur importe qu'on les traite de
naïfs dans des pays plus puissants et plus vastes !
En hiver, le bourgeois de Copenhague mène sa
femme et ses enfants au spectacle ou dans quelque
maison amie ; l'été, il les conduit à Tivoli, cet immense casino dont nous avons parlé dans un pré-
cédent chapitre, et où des milliers de personnes se
distrayent avec la modération qui caractérise le
peuple danois tout entier. La partie la plus jeune,
ou du moins la plus gaie de la population, celle qui
fréquente les bals publics observe même dans ces
établissements, une réserve qui n'est pas encore de
mode à Paris ou à Londres. D'ailleurs, il y a très
peu de bals publics à Copenhague, et l'on préfère
à toutes les distractions l'audition d'un opéra, d'une

comédie ou d'un drame, bien que les auteurs indigènes n'oublient jamais d'instruire et de moraliser
en amusan t.La profession d'acteur est tenue pour
tout aussi honorable qu'une autre, et un artiste qui
vit sans désordres est accueilli partout avec les
plus grands égards. Plusieurs célébrités de la scène
ont occupé de notables positions dans l'armée, la
magistrature, le barreau, le gouvernement, les pro-
fessions libérales et les sciences, avant de se faire
au théâtre les interprètes des œuvres du génie.

Au printemps, on se sauve à la campagne, au
milieu des bois où les oiseaux gazouillent par milliers, car, là-bas, on ne les tue point pour le plaisir de les tuer : les paysans vont jusqu'à leur épar-
gner au temps des neiges les horreurs de la faim, et
attachent aux branches dénudées des arbres des
bouquets de millet. « De pareils traits, dit M. Comettant, peuvent paraître puérils à certaines personnes; aux yeux du moraliste et du philosophe,
ils sont toute une révélation. Pour ma part, j'ai été
bien agréablement ému en parcourant l'île d'Alsen,
qui n'était alors qu'un immense tapis de neige, de

voir des bandes de petits oiseaux voltiger en ga-
zouillant de joie autour des bouquets de millet
qu'une main providentielle avait apportés le matin.
Quand des hommes de cette douceur déploient devant l'ennemi le courage que je leur ai vu déployer,
il faut leur rendre hommage. Ce sont des hommes,
comme dit Shakespeare [1]. »

Il existe dans les campagnes une fête qui se célèbre le 1er mai, et qui porte le nom de *Ride sommer
i By*, ce qui signifie littéralement : « *Introduire* le
printemps dans le village. » Les garçons et les filles
de chaque bourg se parent de leurs plus beaux habits : celles-ci attachent à leurs corsages les premières fleurs des champs, ceux-là garnissent leurs
chapeaux de rubans multicolores. Des délégués vont
dans les fermes pour récolter des œufs, du jambon, des volailles, des galettes, et rapportent toutes
ces victuailles pour en composer un immense banquet. Le jour de la cérémonie venu, on se rassem-
ble sur la place et l'on se rend, musique en tête,
au lieu désigné. Les chants, les danses et les jeux

[1] Oscar COMETTANT, *le Danemark tel qu'il est*, p. 288.

commencent sous les yeux des vieillards, qui regar-
dent en souriant et en hochant la tête ces amusements, auxquels ils ont pris part quand ils étaient
jeunes. Puis, un *roi du printemps,* élu à la majorité des suffrages, choisit une reine, qui, pour dia-
dème, ceint une couronne de coquelicots et de
bluets. Rien de plus charmant à voir que cette petite fête annuelle, qui se célèbre sur tout le territoire sans coûter un denier à l'État.

Les femmes danoises sont généralement belles.
Elles ont une tournure à elles, « déterminée par un
certain petit mouvement d'ondulation qui n'est ni
le mouvement ondulatoire des Françaises, ni celui
des Anglaises, et qui se rapproche plutôt de celui
des Américaines du Nord. » Elles sont très simple-
ment vêtues ; mais la simplicité de leur mise fait
ressortir davantage leur fin sourire, leurs dents
blanches, leurs yeux azurés, leur chevelure soyeuse
et abondante ; le faux chignon n'est pas à l'ordre
du jour, bien qu'il remporte, hélas ! depuis quelques années des succès significatifs. Quant aux
mariages, voici comment ils se font en Danemark,

d'après M. Comettant, qui visita le pays il y a une
vingtaine d'années [1].

« En Danemark, où les hommes n'ont pas encore songé à vendre leur nom pour une dot, tous
les mariages sont ce que la nature et la morale
voudraient qu'ils fussent partout, des mariages d'in-
clination. Le jeune homme dont la position n'est
pas encore faite, ne renonce pas pour cela à s'unir
à la jeune fille dont l'innocence et les attraits sont
l'unique capital. Après s'être fait, —presque toujours
devant les parents de la jeune fille, — le doux aveu
de leurs sentiments respectifs. le jeune homme
annonce ses intentions matrimoniales et sollicite la
faveur d'être fiancé. Les parents acceptent, et à partir de ce moment, la plus grande liberté est accordée
au couple. Ils vont seuls au spectacle ou à la promenade et sont constamment ensemble aussi rapprochés
l'un de l'autre que possible, trouvant long le temps
où le pasteur bénira leur union dont les fiançailles
ne sont que le chaste denier à Dieu. Un homme
passe, à juste titre, pour indélicat lorsqu'après avoir

[1] L'extrait intéressant qu'on va lire n'a rien perdu de sa vérité.

vécu dans l'intimité d'une fille honnête, sa fiancée, il convole à « d'autres flirtations », comme disent les Américains. Pourtant, il faut en convenir, il est des hommes assez peu soucieux de l'opinion publique et assez volages pour s'être fait un jeu de ces préludes de mariage, dont ils ont osé dire qu'ils les préféraient au mariage même. On m'a cité, à Copenhague, un vieux célibataire qui n'a pas été fiancé moins de treize fois, — un chiffre cabalistique. —J'ai aussi ouï parler avec indignation d'une tourterelle sur le retour en rupture de banc de fiançailles, après dix-huit ans de bonnes promesses. Au moment de s'unir définitivement à son fiancé, frais et blond autrefois, mais dont les années avaient jeté de la cendre sur l'ondoyante chevelure et de la brique pilée sur le nez, devenu plantureux, elle eut l'audace de demander encore du temps pour réfléchir. Puis elle épousa un tout jeune homme, sans parents, sans conseils et sans expérience, qu'elle surprit dans ses affections naissantes comme on prend la pie au nid. Quand elle croyait mériter la colère et les ressentiments de son ancien fiancé, elle ne fut pas peu surprise de le voir au temple le jour où le pasteur allait bénir cette éclatante indélicatesse. Il lui serra la main avec plus de plaisir que jamais en lui disant à la dérobée ces mots, qui peignent toute la situation :

— Ah ! madame, quel service vous me rendez!

A quoi la tendre mariée répondit avec effusion :

— Ah ! Henrick, j'aime ce garçon parce qu'il me rappelle ce que vous étiez il y a vingt ans.

La confirmation en Danemark est la cérémonie religieuse qui fait d'une petite fille sans importance une jeune personne bonne à marier. Avant la confirmation, la Danoise est vêtue de robes courtes, et on la voit se rendre à l'école le sac sur le dos comme un soldat de la ligne. Dans ce sac de cuir de bœuf retenu sur le devant de la poitrine par des brides, l'écolière non encore confirmée renferme tous ses livres de classe et ses cahiers de devoirs. Après la confirmation, le sac d'école disparaît, une crinoline donne à la jeune nubile l'ampleur qui manquait à ses ajustements, et sa physionomie elle-même prend un air plus sérieux. Désormais, c'est une demoi-

selle qui ne demande pas mieux que d'être une dame,
et qui le sera, je l'espère pour elle, à moins pourtant qu'un jour, fatiguée d'attendre le bonheur qui
flâne en route, enveloppée de sinistres pensées,
elle ne se marie avec la mort et ne fasse la noce
au bout d'une corde, ce qui n'est pas rare en Danemark, où le suicide est plus fréquent que partout
ailleurs. »

La coutume d'offrir des cadeaux à la nouvelle
mariée s'est perdue à Copenhague, mais elle se
maintient dans quelques contrées. Dans certains
villages, les cadeaux de noce ne manquent pas d'originalité. On offre à la future un porc, une brebis et
une vache. Le fiancé reçoit un poulain, un chien,
un chat et une oie. Ces animaux sont évidemment
emblématiques, et doivent être un enseignement
pour le couple qui entre en ménage.

Aux yeux du Danois, assez poète pour ne pas se
laisser dominer par le positivisme, et assez positif
pour ne pas se laisser égarer par les séductions de
l'idéal, la femme est une femme, c'est-à-dire une maîtresse pour son cœur, un conseiller pour sa raison,

une mère pour ses enfants. Aussi l'adultère est-il presque inconnu en Danemark tant du côté des hommes que de celui des femmes. Les femmes sont absolument respectées, comme au temps où la politesse était au rang des vertus, et les hommes ont conservé quelque chose de l'esprit chevaleresque d'autrefois. Ils ne portent pas ce masque froid qui trahit la fatigue et la préoccupation des affaires [1].

[1] *Huit jours en Danemark*, par Ch. JOLIET.

TABLE DES MATIÈRES

EN DANEMARK

TABLE   221

www.ingramcontent.com/pod-product-compliance
Lightning Source LLC
Chambersburg PA
CBHW051815020726
47502CB00005B/1476